Zu diesem Buch

Nach der Weisheit «Humor ist die beste Medizin» gegen den unnötigen Ernst des Lebens hat Richard Gordon eine erfreulich lange Reihe tolldreister Romane geschrieben, die vor allem unter Medizinern, ihrem Personal und den (oft nicht weniger komischen) Patienten spielen. Der Autor, der im bürgerlichen Leben Dr. med. Gordon Ostlere heißt, war zunächst praktischer Arzt in Oxford und London, dann Schiffsarzt, gab aber schließlich seine medizinische Laufbahn auf, um weitere heitere Bücher zu schreiben.

In der Reihe der rororo-Taschenbücher liegen vor: «Aber Herr Doktor!» (Nr. 2037), «Doktor ahoi!» (Nr. 2038), «Hilfe! Der Doktor kommt!» (Nr. 2039), «Käpt'n Ebbs – Seebär und Salonlöwe» (Nr. 2040), «Dr. Gordon verliebt» (Nr. 2041), «Dr. Gordon wird Vater» (Nr. 2042), «Doktor im Glück» (Nr. 2043), «Eine Braut für alle» (Nr. 2044), «Doktor auf Draht» (Nr. 2045), «Onkel Horatios 1000 Sünden» (Nr. 2046), «Sir Lancelot und die Liebe» (Nr. 2047), «Finger weg, Herr Doktor!» (Nr. 2048), «Wo fehlt's, Doktor?» (Nr. 2049), «Machen Sie sich frei, Herr Doktor!» (Nr. 2050), «Gesundheit, Herr Doktor!» (Nr. 2051), «Doktor auf Abwegen» (Nr. 2052), «Tief atmen, Frau Doktor!» (Nr. 2053), «Gute Erholung, Herr Doktor!» (Nr. 2054).

Richard Gordon

Onkel Horatios 1000 Sünden

Roman

Deutsch von
Grete Friedmann

rororo
Rowohlt

Titel der Originalausgabe «Nuts in May»
Umschlagillustration Ingrid Rothe
Umschlagtypographie Peter Wippermann

64.–75. Tausend April 1987

Veröffentlicht im Rowohlt Taschenbuch Verlag GmbH,
Reinbek bei Hamburg, Juni 1967

Satz Aldus (Linotron 202)
Gesamtherstellung Clausen & Bosse, Leck
Printed in Germany
500-ISBN 3 499 12046 1

Für Lucy

I

«Mein lieber Junge, was, in drei Teufels Namen, ist bloß mit dir los?» fragte Mr. Algernon Brickwood, der bekannte Verleger, der die englische Literatur am liebsten beim Mittagessen in den besten Restaurants förderte. «Wir haben Frühling, und in dieser Jahreszeit neigen die Bräute junger Männer zur Zärtlichkeit – wie geht es übrigens der lieben Abigail?»

Sein Sohn Teddy riß sich von der Betrachtung des Tischtuchmusters los und hob den Blick. «Abigail? Oh, Abigail. Es geht ihr gut, Vater. Durchaus gut.»

«Das freut mich außerordentlich. Und du sitzt hier und siehst aus, als hättest du in deinen Bußgewändern eben eine Motte entdeckt. Manchmal kann ich die junge Generation wirklich nicht verstehen.»

«Ich bin vermutlich ein wenig außer Kondition», gab Teddy rasch zurück und spielte mit einem jener komischen italienischen Brötchen. «Meine Muskeln scheinen eine gewisse Auffrischung nötig zu haben. Mir fehlt der Sport. Und natürlich bin ich auch überarbeitet», setzte er hinzu.

Aber Mr. Brickwood war völlig in die Speisekarte vertieft und murmelte träumerisch: «Ach, Spargel!» Die Verlegertätigkeit ist eine anstrengende Beschäftigung, die einen kräftigen Appetit hervorruft, wie die Oberkellner sämtlicher erstklassiger Restaurants bestätigen können.

«Vater –» platzte Teddy plötzlich heraus.

Er wurde von dem Kellner unterbrochen, der ihm als Vorspeise einen Teller Oliven unter die Nase schob und dem jungen Mann einen argwöhnischen Blick zuwarf. Teddy wetzte so unruhig auf seinem Stuhl hin und her und knotete kleine Häschen aus seiner Serviette, daß er damit allmählich auffiel.

«Vater –» wiederholte Teddy und brach nervös sein Brot entzwei.

Der arme Bursche stand im Begriff, das Schandmal des Familiennamens zu enthüllen und überlegte fieberhaft, ob er schon während des Spargels Farbe bekennen oder riskieren sollte, daß sein Vater an einem handfesten Bissen erstickte.

«Das nenne ich eine angenehme Überraschung, dich hier in der Stadt zu treffen», plauderte sein Vater munter weiter, ohne seinen Einwurf zu beachten. «Wie ist es dir bloß gelungen, dir so früh im Semester einen freien Tag von Oxford zu erschwindeln? Zahnarzt, vermute ich, wie? Zu meiner Zeit richteten wir es immer so ein, die Zahnbehandlung in der unmittelbaren Nähe des West Ends vornehmen zu lassen. Welches Jubiläum haben wir heute?»

Teddy blickte ihn verständnislos an. «Jubiläum?»

«Ja. Du hockst lange genug im Baum des Wissens, um derlei Daten aus dem Ärmel schütteln zu können. Im Laufe unserer langen und ruhmreichen Geschichte muß sich heute vor etlichen Jahren doch sicherlich *irgend etwas* zugetragen haben?»

«Ich glaube, es war die Schlacht von Tewkesbury im Jahre 1471», sprang Teddy hilfreich ein.

«Ausgezeichnet! Wir wollen auf die ruhmreiche Erinnerung an die Schlacht von Tewkesbury anstoßen. Mein Arzt», erklärte Mr. Brickwood, «gestattet mir bloß, ab und zu ein Glas zur Feier eines besonderen Anlasses zu trinken. Kellner!»

Er bestellte eine Flasche Champagner.

Wenn man seinen ganzen Mut zusammengerafft hat, um das niederschmetterndste Geständnis seines Lebens abzulegen, und sich plötzlich in ein Gespräch über die Schlacht von Tewkesbury verwickelt findet, ist es schwierig, ein zweites Mal in Schuß zu kommen. Mr. Brickwood langte tüchtig zu und sprang zwischen den einzelnen Bissen seiner gebratenen Ente auf, um vorbeirauschende Schauspielerinnen zu küssen. Er war ein kleiner, dicker Mann mit goldgeränderter Brille und einem Haarschnitt im Stile Lloyd Georges und trug einen rotbraunen Tweedanzug und eine Hannen-Swaffer-Krawatte. Er verkörperte jenen Verlegertyp, der genauso wie die Dichterbärte und die Auspeitschung von Journalisten aus den literarischen Kreisen Londons verschwindet, wodurch sie meines Erachtens manches von ihrer Buntheit einbüßen. Aber Teddy war taub für die munteren Geräusche kostspieligen Tafelns rund um ihn, stocherte in seinem Teller und sah aus wie ein nervöser Attentäter, der einen Zeitzünder in der Aktentasche trägt und plötzlich entdecken muß, daß seine Armbanduhr stehengeblieben ist.

Erst als sie bei den köstlichen importierten Erdbeeren mit dem haarsträubenden Preis angelangt waren, straffte er die Schultern und verkündete ohne Vorwarnung: «Ich möchte über meine Zukunft sprechen.»

«Deine Zukunft?» In Mr. Brickwoods Augen stahl sich jener milde Schimmer liebevollen Besitzerstolzes, mit dem er die Optionsklausel im Vertrag mit einem Bestseller-Autor genossen hätte. «Aber mein lieber Junge, deine Zukunft erstrahlt in so makellosem Glanz, als wäre sie mit einem jener schauerlichen Reinigungsmittel poliert worden, die man ständig im Fernsehen angepriesen bekommt.»

«Ganz recht, Papa, aber –»

«In diesem Sommer promovierst du, und das ist mehr, als ich zu Beginn meiner Karriere aufzuweisen hatte», äußerte der Verleger mit falscher Zuversicht. «Und am 30. Juli wirst du mit Abigail Fitzhammond den Bund der Ehe schließen, und alle Zeitungen werden sich darüber einig sein, daß es die Hochzeit des Jahres ist. Ich weiß, daß ich diese Feier ungeheuer genießen werde.»

«Sehr wohl, Papa, jedoch –»

«Sobald du Brautjungfern und Konfetti abgeschüttelt hast, wirst du deine Flitterwochen antreten, die ihr in der bezaubernden Villa ihres Vaters in Spanien verbringen werdet.» Er häufte die letzten Reste seiner Erdbeeren so säuberlich auf wie die Nebenrechte eines Romans. «Worauf ihr in das prächtige Haus zurückkehren werdet, das euch ihr Vater so fürsorglich in Knightsbridge zur Verfügung gestellt hat, damit ihr für den Rest eures Lebens dort glücklich sein möget. Welche Jahrestage gibt's sonst noch?»

«Nun, gestern war Machiavellis Geburtstag.»

«Ausgezeichnet! Ich erhebe mein Glas, um seinem Geist noch viele glückliche Geburtstage zu wünschen. Mach doch endlich ein etwas fröhlicheres Gesicht, Teddy!» unterbrach sich sein Vater verärgert. «Es besteht keine Ursache, daß du wie ein kleines Mädchen herumrutschst, das ein neues wollenes Hemdchen anhat. Du hast reichlich Zeit bis zum Nachmittagszug, der dich nach Oxford bringt.»

Teddy schluckte hörbar. «Ich fahre nicht nach Oxford zurück.»

«Tatsächlich? Hast du schon genug davon?»

«Ich fürchte, es ist eher anders herum.»

«Was, hat man dich hinausgeworfen?»

Teddy nickte.

«Allmächtiger! Weshalb? Frauen, Alkohol oder Karten?»

Teddy kaute an dem Zipfel seiner Serviette. «Nichts dergleichen», erwiderte er dumpf. «Übrigens sind solche Streiche heute in Oxford kaum mehr üblich.» Er rückte sich unbehaglich in seinem Stuhl zurecht. «Vater, du hast natürlich schon von der Schlachtbank gehört?»

«Nie im Leben.»

«Das ist ein kleines Studentenkabarett, das ich gemeinsam mit George Churchyard im College veranstaltete.»

Die betrübliche Geschichte wurde beim Kaffee enthüllt.

Teddy Brickwood war ein aufgeweckter Bursche mit dem jugendlichen Charme einer frischgekochten neuen Kartoffel, aber er hatte eine Schwäche dafür, jene Leute nachzuahmen, die frühere Studenten «Unsere leuchtenden Vorbilder» zu nennen pflegten und die von der jetzigen Generation schlicht «Die Firma» betitelt werden. Damit war er bereits in der Schule immer in Schwierigkeiten geraten, besonders wegen seiner recht amüsanten Wiedergabe jenes Nachmittags, an dem der Rektor eine Wespe geschluckt hatte. Er war eben ein richtiges Kind seiner Zeit. Seit kurzem schossen allerorts kleine Kabaretts aus dem Boden, die so beißend sauer waren wie eine Ladung unreifer Grapefruits. Im ganzen Land geben begabte Jünglinge hervorragende Imitationen des Premierministers, des Erzbischofs von Canterbury, Mao Tse-tungs und ähnlicher Persönlichkeiten zum besten und packen im allgemeinen die geheiligte Kuh bei den Hörnern. In Oxford machten die Studenten einander bald in den Collegehöfen und in der Studienbibliothek auf Teddy und George Churchyard aufmerksam. Ihre Fotos erschienen in der *Isis*, und ihre Zimmer wurden von der Rugbymannschaft auf den Kopf gestellt. Sie schienen im Begriff zu stehen, sich einen überwältigenden Oxfordruf zu schaffen, genau wie Kardinal Newman.

Unseligerweise jedoch bildete den Höhepunkt ihres Programmes *Die Schlachtbank* die Imitation Professor Needlers.

Wenn es Ihnen jemals geglückt ist, am Sonntagnachmittag nicht einzuschlafen, dann werden Sie sicher schon Professor Needler und seine Fernsehsendung «Professor Needler weiß alles» gesehen haben. Er ist der moderne Typ einer Oxforder Respektsperson. Vorbei die Zeiten, da die Professoren liebenswerte alte Käuze waren, die zwischen den träumenden Türmen der Universitätsgebäude ziellos herumwerkelten, auf Wolken von Portweinseligkeit schwammen und sich zu erinnern suchten, wo sie ihre Fahrräder abgestellt hatten. Heutzutage tragen alle Professoren militärisch kurz geschnittenes Haar, funkelnde Intellektuellenbrillen und erkennen mit Habichtsaugen eine fotogene Stellung, während ihre Agenten ihnen die Tantiemenabrechnungen besorgen. Der Premierminister, der Erzbischof und Mao Tsetung konnten die Imitation ertragen. Nicht so Professor Needler.

«Ich dachte, ich hätte Ihnen beiden bereits zweimal nahegelegt, diese lächerliche Darstellung aus Ihrem kindischen Programm zu streichen», wandte er sich in seinem Büro an die beiden Kleinkunstvertreter.

«Ich bitte vielmals um Entschuldigung, Sir», stotterte Teddy nervös. «Aber das Publikum lachte so herzlich, daß wir uns vermutlich fortreißen ließen.»

«Und fortgerissen sollen Sie auch bleiben», erwiderte der Professor. «Ich habe mich mit dem Rektor unterhalten, und Sie werden die Freundlichkeit besitzen, beide bis morgen abends das College verlassen zu haben.»

«Wahrscheinlich hat er befürchtet, es könnte seiner Beliebtheit beim Fernsehen schaden», schloß Teddy niedergeschlagen, lehnte sich zurück und betrachtete seinen Vater mit dem Ausdruck des verlorenen Sohnes, der eben an die Tür gepocht hat.

Inmitten der Geräusche von Tellern und Bestecken entstand eine kleine Insel der Stille.

«Mein Junge –» Mr. Brickwoods Stimme bebte gefühlvoll. «Mein Junge, ich bin ja so stolz auf dich!»

«Wie bitte?» Teddy blickte auf.

«Jawohl, stolz!» wiederholte Mr. Brickwood. «Von Oxford relegiert zu werden, beweist eine erfrischende Unabhängigkeit des Geistes in einer ansonsten hoffnungslos verstaubten Institution.

Und gar hinausgeworfen zu werden, weil du dich gegen diesen eingebildeten, aufgeblasenen Schulmeister, diesen Hausierer mit vorgekauter intellektueller Säuglingsnahrung aufgebäumt hast, der mir außerdem meine sämtlichen Sonntage völlig verpatzt – das ist die Tat eines echten Märtyrers.»

Teddys Gesicht nahm den Ausdruck des bewußten Mannes an, der bereits an die Wand gestellt wurde, tapfer die Augenbinde und die letzte Zigarette ablehnt und einen Kerl gewahrt, der auf seinem Pferd daherprescht und mit einem Blatt Papier winkt, auf dem erklärt wird, daß das Urteil nichts als ein böser Irrtum war.

«Das ist wirklich ganz wunderbar von dir, Vater.» Zum erstenmal erhellte ein Lächeln seine Züge. «Daß du es so auffaßt, meine ich.»

«Ich mag in meinen Anschauungen etwas altmodisch sein», erklärte Mr. Brickwood feierlich, «aber ich finde, daß ein Vater die Pflicht hat, jederzeit auf seiten seines Sohnes zu stehen. Wenn ein junger Mann einmal von seinem eigenen Vater kein Verständnis mehr erwarten kann –» er fuhr sich flüchtig mit dem Taschentuch hinter die goldene Brillenfassung – «dann ist die Welt wirklich ein sehr trauriger Ort.»

«Ich fürchte allerdings, damit fällt das Außenamt für mich flach», gab Teddy zu.

Er hatte sich für den diplomatischen Dienst entschlossen und mit Bestimmtheit vorausgesetzt, in kürzester Zeit in Kniehosen umherzuwandeln und auf das niederträchtigste mit ausländischen Premiers umzuspringen.

«Das ist kein großer Schaden», ließ Mr. Brickwood sich großartig vernehmen. «Ich würde dir nicht empfehlen, in die Firma einzutreten, mein Junge. Früher einmal gab es keine angenehmere und lehrreichere Art für einen jungen Oxford-Graduierten, drei- oder viertausend Pfund zu verlieren, als in der Verlagsbranche, aber heute, bei den vielen Taschenbuchausgaben, ist das kein Beruf mehr für einen Gentleman. Ich bin sicher, Abigails Vater wird es ein leichtes sein, in seiner riesigen Organisation einen Platz für dich zu finden.»

«Tja, die Sache hat nur einen Haken», sagte Teddy mit unfrohem Lachen. «Abigail und ich haben es uns überlegt.»

«Was!?» Mr. Brickwood fegte sein Champagnerglas vom

Tisch, wodurch die Gesellschaft, die am Nebentisch mit Genuß ihre *crêpes Suzettes* aß, einigermaßen aufgeschreckt wurde. «Überlegt? Was denn überlegt? Eure Verlobung?»

Teddy nickte. «Ja. Wir werden vermutlich eine Notiz in der *Times* einschalten lassen müssen, mit der wir die Öffentlichkeit davon in Kenntnis setzen, daß aus der Hochzeit nichts wird. Aber das kann ich leicht noch im Laufe des heutigen Nachmittags besorgen.» Er lachte trocken. «Schließlich habe ich ja sonst nicht viel zu tun.»

«Du gütiger Himmel!» Mr. Brickwood trommelte auf den Tisch und zerquetschte dabei ein ziemlich klebriges *petit four*. «Wie, zum Teufel, ist denn das geschehen?»

Teddy erweckte den Eindruck, als wäre er ertappt worden. «Es war wegen der Fische.»

«Fische?»

Er nickte. «Ich will es dir erklären.» Er bemerkte, daß sein Vater dunkelrot angelaufen war und so bebte wie das Weingelee, das am gegenüberliegenden Tisch gereicht wurde. «Übrigens», ergänzte er rasch, «fällt mir eben ein – heute fand die Schlacht von Seringapatam statt. 1799.»

2

Es ist eine merkwürdige Sache, aber wenn man den Kopf nur genügend lange in den Sand steckt, während das Schicksal beginnt, einem die Schwanzfedern auszurupfen, greift es bald mit vollen Händen zu.

Bloß zwei Tage vor seiner Unterredung mit Professor Needler war Teddy Brickwood einer der glücklichsten jungen Männer gewesen, die jemals eine Rechnung bei Blackwell auflaufen oder bei Randolph ein Glas Bier in die Kehle hinunterrinnen ließen. Es war einer jener prächtigen Maiennachmittage. Die Universität von Oxford ließ sich ihre alten Quadern von der Frühlingssonne wärmen, und als er aus den Fenstern seines Zimmers blickte, rührte die einzige Bewegung in dem stillen, viereckigen Universitätshof von den Blumen her, die sich schläfrig in ihren Blumenkästen vor den Fenstern wiegten. Hinter ihm wartete bereits der fertig gedeckte Teetisch mit den Gurkenbrötchen auf ihn. Der Teetopf schnurrte behaglich auf dem Kocher. Neben ihm am Fenstersims rekelte sich eines der schönsten Mädchen Londons.

«Prachtvolles Wetter», bemerkte Teddy.

«Ja, Liebling», sagte sie.

Er seufzte. «Bloß drei Monate noch», fuhr er fort, «dann werden wir beide inmitten des Kristallglases und der Silbersachen stehen und als Mann und Frau den Hochzeitskuchen verteilen.»

«Ja, Liebling.»

«Manchmal kann man es kaum glauben, nicht wahr?»

«Ja, Liebling.»

Er schwieg, während die Glocken von Oxford, die ihre durchaus eigenwilligen Ansichten hatten, vier Uhr schlugen und dazu fünf Minuten brauchten.

Das Mädchen schraubte seinen Lippenstift auf. «Übrigens, Liebling», sagte sie, «die Fische werden fort müssen.»

«Die Fische?» Er riß die Augen auf. «Du meinst meine Fische?»

«Ja, Liebling.»

Teddys Blick wanderte zärtlich zu den Tropenfischen in dem Aquarium, in dem das Wasser bescheiden über seinem Bücherschrank vor sich hinplätscherte. Er hatte seine Sammlung während seiner Schulzeit begonnen und ihr zahllose Langspielplatten, Coca-Colas und Haarschnitte geopfert. Seit damals gehörten die Fische so untrennbar zu ihm wie die sieben Zwerge zu Schneewittchen. Er fand sie einfach unwiderstehlich, ganz besonders jene Exemplare, durch deren Körper man glatt hindurchsehen konnte. Er bildete sich sogar ein, ihnen einige einfache Kunststückchen beigebracht zu haben. Sie mögen es sonderbar finden, daß jemand sein Herz an diese kleinen Tiere hängt. Aber bei manchen Leuten sind es Hunde, bei Teddy waren es zufällig eben Fische.

«Fort?» fragte er verständnislos. «Wohin denn?»

«In die Fischhalle oder ins Aquarium oder wohin du willst, Liebling. Aber ich teile mein Heim nicht mit den Fischen und mit dir.»

«Ganz im Gegenteil, Abigail.» Er wurde hartnäckig und konnte kaum fassen, daß das Mädchen geruhsam sein Gesicht zurechtmachte und gleichzeitig seinen Freunden den Abschied gab. «Ich betrachte diese Fische als Teil meiner Ausstattung.»

Sie schloß den Lippenstift mit einem Klicken. «Und ich weigere mich absolut, meinen Salon mit Fischen zu bereichern.»

«Ach, wenn es weiter nichts ist! Ich hatte die Absicht, sie im Schlafzimmer aufzustellen.»

«Im Schlafzimmer?»

Er nickte. «Ja, wenn ich ihnen zusehe, wie sie lautlos hin und her gleiten, schlafe ich bedeutend leichter ein. Ich bin überzeugt, sie tun dir um vieles besser als Schlafpulver.»

Sie sprang auf. «Verstehe ich dich recht, daß du mir zumutest, mich allabendlich vor einem Aquarium voll Fischen zu entkleiden?»

«Ja, warum denn nicht?»

Sie zog die Augenbrauen empor, als er mit dem Fuß aufstampfte. «Weil *ich* das ausgesprochen abstoßend finde.»

«Verdammt, Abigail!» schrie Teddy, der die Geduld verlor. «Weißt du nicht, daß es ein Zeichen von Zivilisation ist, der stummen Kreatur gegenüber freundlich zu sein?»

«Ach, tatsächlich?» trumpfte sie auf. «Wenn das so ist, dann darfst du mich zu den Barbaren zählen.»

«Hör mal, wenn du irgendeinen krankhaften Verfolgungswahn gegenüber meinen Fischen entwickelt hast, dann kann ich nur sagen, es ist höchste Zeit, daß du einen Psychiater aufsuchst und deinen Geisteszustand überprüfen läßt.»

«Ich spreche nicht von deinen Fischen.» Sie näherte sich ihm wie eine gutgepflegte Tigerin, die eine Verabredung zum Mittagessen hat. «Ich spreche von dir.»

«Von mir?»

«Jawohl!» Sie griff nach ihrer Handtasche. «Ich hab dir lange genug die Stiefel abgeleckt. Die irdenen Füße beginnen durchzuschimmern. Was mich betrifft, so kannst du zu deinen widerlichen Fischen ins Aquarium steigen, und ich hoffe nur, daß man darauf vergißt, dich mit Ameiseneiern zu füttern.»

«Aber –» Er stand auf. «Wo willst du hin?»

«Nach Hause. Ich nehme den nächsten Zug. Und wenn Sie es wagen sollten, mir zu folgen, Mr. Brickwood, oder auch nur einen Telefonhörer aufzuheben, um mich anzurufen – ja, wenn Sie die Unverfrorenheit haben sollten, in Zukunft auch nur an mich zu denken, werde ich so laut schreien, daß man es vom Berkeley Square bis zu Scotland Yard hört. Ihr Ring!»

Sie schleuderte ihn auf den gedeckten Teetisch.

«Abigail!» hielt Teddy ihr ziemlich zittrig entgegen. «Das könntest du noch bedauern.»

Sie lachte wie eine stumpfe Kreissäge, die auf ein Astloch stößt. «Wenn es jemals dazu kommt, werde ich mir einen Korb mit sauren Trauben besorgen lassen. Guten Tag!»

Sie streifte die Handschuhe über, reckte die Nase hoch und rauschte hinaus.

«Und seither habe ich nichts von ihr gehört», beendete Teddy den Bericht, den er seinem Vater über das Tête-à-tête erstattet hatte.

Mr. Brickwood stieß einen Schrei aus, der die *crêpes Suzettes* abermals in Gefahr brachte.

«Du Idiot!» brüllte er. «Du Narr! Hast du nicht versucht, sie aufzuhalten? Bist du ihr nicht nachgerannt? Was bist du, ein Mann oder eine kastrierte Maus?»

Teddy zuckte die Achseln. «Ich war vermutlich im Augenblick zu sehr vor den Kopf geschlagen, um etwas zu tun», gestand er.

Tatsächlich stand der arme Bursche einfach dort und hatte sich gefühlt wie Romeo, wenn Julia ihn vom Balkon gestoßen und dann wie eine Hyäne über sein gebrochenes Bein gelacht hätte. Der unwirkliche Eindruck eines Alptraums hielt ihn gefangen. Aber da war der Ring, der in der Butter funkelte. Und von Abigail war nichts als eine Wolke eines ziemlich kostspieligen Parfums zurückgeblieben.

«Du nimmst ein Taxi, fährst sofort zum Berkeley Square und entschuldigst dich», befahl Mr. Brickwood mit erhobenem Finger.

«Nein, Vater», erwiderte Teddy mannhaft. «Ich habe lange darüber nachgedacht und bin zu dem Schluß gelangt, daß es das beste war. Jene wenigen Augenblicke enthüllten mir einen höchst unliebenswürdigen Zug von Abigails Charakter, und ich –»

«Du wirst diese Frau auf den Knien um Vergebung anflehen!» schrie Mr. Brickwood. «Du hast doch den Ring noch nicht versetzt?» fügte er nervös hinzu.

«Es ist sehr gütig von dir, Vater, daß du stets an meine Zukunft denkst, aber –»

«Halt den Mund, du Schafskopf! Ich denke nicht an deine verdammte Zukunft, sondern an meine.»

Teddy runzelte die Stirn. «Deine? Aber du heiratest Abigail doch nicht?»

«Du Esel! Ich habe mich völlig darauf verlassen, daß ihr Vater Geld in meinen Verlag stecken wird.»

«Geld?» Teddy sah ihn verdutzt an. «Aber Brickwood & Vole ist doch sicher der älteste, bekannteste unabhängige Verlag Londons?»

«Jawohl, du Armleuchter, und wie jeder andere unabhängige Verlag sind wir pleite.»

«Pleite?»

«Verarmt, insolvent. So sehr am Trockenen wie ein Boot in der Wüste.»

«Aber ...» Er wies auf das luxuriöse Bild jener Leute, die es sich rund um sie auf Spesenkonto gutgehen ließen. «All das –»

«Geringfügige Annehmlichkeiten am Rande», sagte sein Vater ungeduldig. «Sag ihr, es war alles nur ein Mißverständnis. Erkläre ihr, du hättest einen Nervenzusammenbruch gehabt. Setz die Hochzeit fest. Der nächste Donnerstag würde mir ausgezeichnet passen.»

Teddy setzte sich kerzengerade auf. Sein Rechtsempfinden war tief gekränkt, als er erkennen mußte, daß sein Vater den ihm angetanen Schimpf nicht unverzeihlich fand, sondern gleichsam mit der Axt hinter ihm her war. «Das werde ich nicht tun», erklärte er gemessen. «Nicht nachdem sie mich so abscheulich behandelt hat. Von den Fischen ganz zu schweigen.»

«Ach! Dann berührt es dich also nicht, daß ich mit einem Fuß im Grabe stehe und mit dem anderen an der Schwelle des Konkurses, wie? Du wirst Abigail Fitzhammond heiraten.»

«Das werde ich ganz bestimmt nicht.»

«Du bist nichts weiter als ein verstockter und undankbarer Laffe!» schrie Mr. Brickwood und gab damit den *crêpes Suzettes* endgültig den Rest.

«In diesem Fall wäre ich ja wohl auch kein besonders erstrebenswerter Gatte für sie, nicht wahr?»

«Hör mir gut zu – wohin gehst du?»

«Ich danke dir für das reizende Mittagessen, Vater.» Teddy erhob sich würdevoll. «Aber jetzt muß ich gehen. Ich muß irgendwo eine Unterkunft für meine Fische finden.»

«Komm sofort zurück, du junger Dachs!»

«Guten Tag, Vater.»

Er verließ mit großen Schritten das Restaurant. Als letztes hörte er hinter sich den Aufschrei: «Ober! Bringen Sie mir eine Flasche Cognac und Whitakers *Almanach*!»

3

Ich persönlich hätte mich ja nicht darum gerissen, Abigail Fitzhammond zu heiraten, wenn sie auch eine große, schlanke Brünette war und ihre Beine in ihrer Makellosigkeit an zwei frischgespitzte Bleistifte gemahnten. Es war das alte Lied von des einen Mannes Nachtigall und des anderen Uhl. Für den jungen Teddy kam sie jedenfalls direkt vom Himmel und trug seinen Namen im Kleiderschildchen eingestickt.

«George!» hatte er ausgerufen, als er seinen Freund voriges Jahr zu Beginn des Herbstsemesters in Oxford erblickte. «Ich bin der glücklichste Mensch auf Erden.»

«Ach, hallo, Ted. Das freut mich aber», antwortete George Churchyard.

Sie hatten einander im Eingangstor des Colleges getroffen, das mit einer Anzahl von bunten Ankündigungen prangte, die von allen Arten von Hochschulveranstaltungen von Madrigalen bis zum Marxismus variierten. Im Tor stauten sich Berge von Koffern, Fahrrädern und ziemlich verdatterte Neuankömmlinge.

«Ich werde die wunderbarste Frau heiraten, die jemals geschaffen wurde», erläuterte Teddy.

Er schwelgte ungefähr zehn Minuten in diesen Herrlichkeiten. Sie wissen ja, wie sich Burschen unter solchen Voraussetzungen benehmen.

«Und wo», gelang es George endlich, auch ein Wort einzuflechten, «hast du dieses ungewöhnliche Geschöpf kennengelernt?»

«Ich nahm mich ihrer auf dem Trafalgar Square an.»

«Tt, tt, tt», meinte George.

Er wußte, daß die Familie Brickwood stolz darauf war, sich den kleinen Mängeln und Eigenwilligkeiten der menschlichen Natur gegenüber einer großmütigen Nachsicht zu befleißigen, über die sie anderswo die Augenbrauen hochziehen würden wie eine Schar zum Himmel aufsteigender Fasane. Dennoch fand George, daß diese Art von Bekanntschaft, wenn sie auch als Gesprächsthema für einen unbeschwerten Studentenabend völlig ausreichte, kaum den ersten, schwerwiegenden Schritt auf dem Weg zum Altar darstellen konnte.

«Du hast sie einfach angesprochen?» fragte er mit leichtem Tadel in der Stimme.

George war älter als Teddy Brickwood. Sein Vater, der als Universitätsprofessor in Australien tätig war, hatte ihn bereits in Sydney einmal in das Mahlwerk des Hochschullebens gestoßen.

«Ja, an einem Sonntagnachmittag.»

«Hm.»

«Es geschah im letzten Juli. Ich langweilte mich, allein in der Wohnung meines Alten auf dem Eaton Square, beinahe zu Tode», erzählte Teddy, als sie durch den Hof schlenderten und eine verborgene schrille Glocke ihre Stimme erhob, um den Abendgottesdienst anzukündigen. «Du weißt doch, wie es in London an einem Sonntag aussieht. Ungefähr so lebhaft wie in einer Regennacht in Stonehenge. Ich dachte, ich könnte ein wenig im Sonnenschein spazierengehen, und wanderte am Palace vorbei, die Mall hinunter, und dachte an nichts Besonderes, als ich plötzlich auf dem Pflaster vor mir ein schönes Mädchen zu meinen Füßen liegen sah. Natürlich glaubte ich, sie sei von einem Taxi überfahren worden oder sonst verunglückt und half ihr auf die Beine. Sie wurde in meinen Armen bewußtlos. Du kannst dir nicht vorstellen, wie aufregend das war.»

«Du meinst, sie hatte einen Schwindelanfall?»

«Nein, es war eine dieser Zusammenkünfte zum Kampf gegen die Atombombe. Als sie entdeckte, daß ich kein Polizist bin, mußte ich sie natürlich wieder auf den Boden legen. Aber neben ihr war ein Bursche, der Gitarre spielte, und der war so anständig, mir einen Sitzplatz anzubieten. Vom ersten Augenblick verstanden Abigail und ich einander prächtig», erinnerte sich Teddy beglückt, als sie an der Treppe anlangten. «Das Ergebnis war, daß ich sie, während die anderen in die Bow Street abgeführt wurden, zu einer Tasse Tee ins *Lyons Corner House* führte. Vierzehn Tage später beschlossen wir zu heiraten.»

Natürlich wünschte George ihm viel Glück.

«Im Augenblick», fügte Teddy nüchtern hinzu, «steht unserem zukünftigen Glück nur ein Hindernis im Wege.»

«Man hat sie ins Gefängnis von Holloway gesperrt?»

«Nein. Es handelt sich um Geld.»

«Ach, erzähl mir nichts», verwahrte sich George. «Hier in Oxford magst du dir ziemlich abgebrannt vorkommen. Aber das akademische Leben läßt sich mit der Praxis nie vergleichen. Dein alter Herr muß doch sicher recht gut bei Kasse sein? Denk doch nur an den üppigen Empfang, den er seinen Autoren bei seinem letzten literarischen Abend bereitet hat.»

«Es handelt sich nicht um mein Geld, sondern um ihres. Sie ist Abigail Fitzhammond.»

«Was, die Tochter des Schiffsmagnaten, der ständig neue Unternehmen dazukauft?»

Teddy nickte.

George stieß einen leisen Pfiff aus. Er erblickte darin kein Hindernis, es sei denn, das Mädchen sah aus wie das Heck eines Autobusses, und selbst dann müßte es sich schon um einen reichlich alten und verschrammten Autobus handeln.

«Ich bin mit ihrem Bruder Fabian zur Schule gegangen», erinnerte er sich. «Sag, stimmt es, daß der alte Knabe im Bett Bilanzen liest?»

«Ich weigere mich, mir meinen Weg durch die Millionen der Fitzhammonds ebnen zu lassen», fuhr Teddy fort und reckte dabei seine Brust so heftig heraus, daß er beinahe seine Rückenwirbel brach. «Und was Abigail betrifft, ist sie der Ansicht, daß man niemals den Kontakt mit dem Volk verlieren dürfe. Sie hat für Geld nur Verachtung übrig», schloß er. «Sie ist ein ganz außergewöhnliches Mädchen.»

«Wirklich außergewöhnlich», gab George ihm aus vollem Herzen recht.

Obwohl es gar nicht so außergewöhnlich für die Tochter eines

Finanzgewaltigen ist, die meistens aussah, als sei sie eben aus dem ersten Haute-Couture-Salon – mit einem kleinen Abstecher zu Cartier – gekommen, auf dem Trafalgar Square sitzend gefunden zu werden. Sie brauchen doch bloß die Bow Street-Strafregister der letzten paar Jahre durchzublättern. Ich nehme an, hier bietet sich den Magnatentöchtern heute, da man die Debütantinnen abgeschafft hat, die letzte Möglichkeit, ihre Fotos in die Zeitungen gelangen zu lassen.

Aber der Pfad wahrer Liebe verwandelte sich in eine Sackgasse, und nun trabte Teddy hocherhobenen Hauptes aus dem Restaurant, und sein Vater sah den leeren Stuhl an wie ein Rasenstück, das eben erst von einer Schlange geräumt worden ist.

Draußen war ein herrlicher Nachmittag – einer jener wunderbaren Maientage, an denen England sich unter den ersten scheuen Sonnenstrahlen wie eine vollreife schlafende Schönheit rekelt, die Rasenmäher über die Zäune der Hintergärten vergnügt miteinander klatschen, die Vögel unbeschwert auf den Fernsehantennen zwitschern und selbst die Gartenzwerge in den Vorgärten einander zuzuwinken scheinen. Auf dem Lande erfüllten die Bienen und die Blüten ihre Pflicht, und die ersten Glockenblumen tauchten auf den Satteltaschen der Radfahrer auf. Unten am Meer wendeten die Vermieterinnen die Matratzen um, und selbst die grauen Straßen Londons, in denen Teddy nun fürbaß zog, wurden von den Anzeichen des erwachenden Jahres belebt, da die Busfahrer wegen des Sommerfahrplanes in Streik traten und Abigails Kollegen begannen, Whitehall hinabzumarschieren und schon für den nächsten Tag die totale Vernichtung der Welt durch die Atombomben vorherzusagen.

Teddy wanderte Piccadilly hinunter und hatte kein Auge für die Mittagspausenmenge, die so farbenprächtig aussah wie direkt aus einem Walt Disney-Film herausgeschnitten. Er blieb stehen, als er ein Plakat entdeckte, auf dem stand «Berühmte TV-Persönlichkeit gestorben», und kaufte eilig eine Zeitung, weil er wissen wollte, ob die Nemesis bei Professor Needler ganze Arbeit geleistet hatte. Aber er fand bloß einen Absatz unter den komischen Gerichtssaalwitzen, der vom Ableben eines unglücklichen Mannes berichtete, der vor Zeiten einmal dadurch von sich reden gemacht hatte, daß er «Den verlorenen Akkord» auf einer Säge gespielt hatte. Teddy warf die Zeitung weg und schritt ziellos weiter, bis er sich im St. James Park wiederfand. Er entdeckte eine leere Bank und setzte sich. Er versuchte, den bewußten Silberstreifen am Horizont zu entdecken und stellte fest, daß er so dünn war wie das Chrom auf einem modernen Serienauto.

Vor wenigen Tagen war er im Besitz einer verheißungsvollen Karriere, einer wunderschönen Braut und eines liebevollen und wohlhabenden Vaters gewesen. Nun waren alle drei verschwunden wie Eisberge im Golfstrom. Das Leben erschien ihm verwirrend und undurchsichtig wie das «Warten auf Godot». Denn man darf nicht vergessen, daß Teddy, obwohl er als Gesandter vermutlich Metternich den Drei-Karten-Trick hätte andrehen können, erst ein junges Reis war und das *savoir faire* noch nicht recht beherrschte.

Seine Blicke wanderten zum Foreign Office, genau an den Pelikanen vorbei. Diese Pforten würden ihm nun für immer verschlossen bleiben. Er war darüber nicht sehr unglücklich. Und ich muß sagen, ich kann ihm das nicht übelnehmen, denn ich kannte einmal einen Mann vom diplomatischen Corps, und wenngleich es ein geradezu göttliches Vergnügen sein muß, die Freundin eines ausländischen Kriegsministers mit Champagner einzukochen, während sie aus dem Rand ihres Strumpfes die Pläne der neuesten ferngesteuerten Rakete hervorzaubert, so erreicht man dieses Stadium doch erst nach vielen Jahren mühseliger Plackerei in Whitehall, wo man einen steifen Kragen tragen und jedes Schreiben in dreifacher Ausfertigung tippen muß.

Teddys zartes Gemüt, das in reinsten akademischen Gewässern großgezogen worden war, durchforschte die rauhen Möglichkeiten eines baldigen Gelderwerbs. Insgeheim war er davon überzeugt, einige einfach großartige Beiträge für *Die Schlachtbank* verfaßt zu haben, ganz zu schweigen von seinem zwerchfellerschütternden Bericht in der Studentenzeitung über jemanden, der sich beim Seniorenfußball das Bein gebrochen hatte. Er hatte auch ein ziemlich aggressives Bühnenstück über jene Böcke beendet, die von den alten Leuten dieser Welt, also Menschen über vierzig, geschossen werden. Aber er war ein besonnener junger Mann, der erkannte, daß er viel bisher Versäumtes nachholen mußte, ehe man ihn für den Autor von ‹*Guillivers Reisen*› halten würde. Tatsächlich allerdings war Teddy im Grunde seines Herzens um nichts bissiger als Enid Blyton. Er war einfach ein gesunder junger Mann, der gern «Bäh!» zu seinen Professoren sagte und in die Gegenwart genauso ausgezeichnet hineinpaßte wie in seine enganliegende Hose.

Teddy saß eine Weile grübelnd da und tauschte Blicke mit einer ziemlich neugierigen Taube. Er fand, daß Professor Needler zumindest seinen Lebensweg von einigem Ballast befreit hatte. Als sie an jenem Morgen Oxford im MG George Churchyards verließen, hatten sie gehofft, daß Mr. Brickwood vielleicht das Kapital zur Eröffnung eines Kabaretts zur Verfügung stellen würde. Nun allerdings konnte er mit der gleichen Berechtigung erwarten, daß Mr. Brickwood eine Ölbohrung am Piccadilly Circus finanzieren würde. Ein Betätigungsfeld schien sich ihm aufzudrängen: Er mußte das Familienkapital retten, indem er Brickwood & Vole aus der Gosse zog und den Verlag modernisierte. Dieser Aufgabe wollte er sich voll und ganz widmen, beschloß er energisch, um so mehr, als er sich nun aus einer höchst unvernünftigen weiblichen Umgarnung befreit hatte.

Er fröstelte plötzlich, und ein Blick auf seine Uhr belehrte ihn zu seiner Überraschung darüber, daß es bereits sechs geworden war. Er stand auf. Das unmittelbare Problem bestand darin, einen Unterschlupf für die Nacht zu finden. Es schien am besten, dem Eaton Square und seinem Vater aus dem Weg zu gehen, der in einer Stimmung wie Herodes der Große heimkommen würde, nachdem sich die Wirkung einer Flasche Cognac verflüchtigt hatte.

4

«Vater», verkündete Teddy, «es tut mir leid.»

«Ach, hallo, mein Junge.» Mr. Brickwood blickte von seiner Abendzeitung auf, die er in seiner Wohnung auf dem Eaton Square gelesen hatte. Die Wohnung lag auf dem flachen Dach eines Hochhauses und entsprach also genau jenem Musterbeispiel, das ständig für die Illustrierten fotografiert wird, um den Lesern der Vorstadt Wohnkultur vorzuführen. Es blieb mir immer ein Geheimnis, wie es so vielen Menschen in London gelingt, inmitten des größten Luxus bankrott zu machen.

«Es geht mich natürlich nichts an», fuhr sein Vater fort, «aber wo hast du die letzten paar Nächte verbracht? Ich hoffe, in einer recht ansprechenden Umgebung?»

«Ich fand ein kleines Hotel hinter dem Britischen Museum. Zum Frühstück sind zwar allerlei verdächtige Gestalten aufgetaucht, aber sonst war es ganz ordentlich.»

«Ich habe dich vor dem Restaurant gesucht», teilte Mr. Brickwood ihm freundlich mit. «Es kam mir in den Sinn, daß du dich entweder in die Themse oder in die Arme wenig wünschenswerter Frauen stürzen könntest. Sonderbar ist das in London, nicht wahr? Die Leute, die man treffen möchte, verschwinden rascher als die Taxis bei einem Platzregen, während jene, die man zu meiden wünscht, einem ständig über den Weg laufen. Falls du hier dein Nachtlager aufschlagen willst, ist genügend Platz vorhanden», fügte er hinzu. «Jedenfalls aber wirst du doch mit mir zu Abend essen?»

«Ich fand, es sei an der Zeit, in den Schoß der Familie zurückzukehren», sagte Teddy beschämt. Eigentlich war er ein gehorsamer und rücksichtsvoller Bursche und außerdem klimperten in seiner recht geschmackvollen Krokodillederbörse, die Abigail ihm zu Weihnachten geschenkt hatte, nur noch dreißig Shilling. «Ich fürchte, ich habe mich dir gegenüber nicht ganz so verhalten, wie das einem Sohn zukommt», gestand er und ließ sich auf der Kante eines senfgelben Lederfauteuils nieder.

«Ganz im Gegenteil, Teddy.» Mr. Brickwood blätterte um. «Du benahmst dich genauso, wie ich es von jedem sauber denkenden, heißblütigen jungen Mann unter diesen Umständen hätte erwarten sollen. Es war völlig unverzeihlich von mir, daß ich niedrige finanzielle Erwägungen für wichtiger hielt als das Glück meines Sohnes. Ich benahm mich wie ein rechter Kleinkrämer. Wir wollen diese zwar peinlichen, aber dennoch recht trivialen Angelegenheiten nicht weiter zur Sprache bringen.»

Er wandte seine Aufmerksamkeit wieder seiner Zeitung zu.

«Es tut mir leid, daß das Familienkapital eingestürzt ist wie ein schlechtgebackenes Soufflé», fuhr Teddy schon bedeutend forscher fort. «Aber ich finde, daß ich unbedingt in die Firma eintreten sollte. Ich habe bereits eine einfach umwerfende Idee. Ehe wir uns um Kohle und Armensuppe bei der Heilsarmee anstellen, könnten wir vielleicht Onkel Horatio um eine Unterstützung angehen.»

Mr. Brickwood gab hinter seiner Zeitung ein Geräusch von sich, das an einen schweren Defekt in einem großen Motor erinnerte.

«Ich meine, er könnte es im Fernen Osten doch zu einem großen Vermögen gebracht haben», schlug Teddy angeregt vor.

«Warum sollte er? Solange er sich noch im Westen aufhielt, hat er es nie zu etwas anderem als zu Katastrophen gebracht.»

«Aber erinnerst du dich nicht mehr an diesen merkwürdigen Matrosen, der uns vorigen Sommer anrief? Der uns berichtete, daß Onkel Horatio bis an den Hals in Hongkong-Dollars steckt und nur den Wunsch hat, sich einmal in seiner Heimat begraben zu lassen? Genau wie in der *‹Schatzinsel›*.»

«Ohne den Schatz», grunzte sein Vater. «Jedenfalls erfreut er sich ausgezeichneter Gesundheit. Er ruft nur immer dann gern den Eindruck hohen Alters hervor, wenn es ihm gerade in den Kram paßt. Teddy, ich war, soviel ich weiß, stets ein einsichtsvoller Vater. Die einzigen Gebote, die ich aufstellte, lauteten: putz dir jedesmal nach dem Frühstück die Zähne und erwähne niemals den Namen deines Onkels. Würdest du so freundlich sein, dich auch in Zukunft an diese Weisungen zu halten?»

«Ja, Vater», sagte Teddy demütig.

«Natürlich schneidet mir die Lage der Firma ins Herz», überlegte Mr. Brickwood laut. «Schließlich haben wir Dickens verlegt. Oder zumindest hätten wir seine Werke verlegt, wenn dieser blöde Laufbursche sein Manuskript nicht in einer Mietskutsche liegengelassen hätte. Es wird mir wohl nichts anderes übrigbleiben, als mich von den Amerikanern aufkaufen zu lassen, wie das alle anderen auch tun. Ich habe sogar schon eine zweitägige Flugreise bei der BOAC buchen lassen und erwarte stündlich die Bestätigung meiner Zimmerbestellung im *Waldorf.*»

Stille senkte sich zwischen den beiden nieder. Mr. Brickwood schien eine Menge fesselnder Neuigkeiten in seiner Zeitung zu finden. Teddy griff nach einem maschinengeschriebenen Bündel, das auf einem hohen Manuskriptstoß neben seinem Sessel lag, und begann einen fünfhundert Seiten starken amerikanischen Roman über das Liebesleben der Einwohner eines vornehmen New Yorker Vorortes durchzublättern. Bald wurde sein Interesse von der Frau des Direktors gefesselt. Die Ärmste litt sowohl unter einem Mutter- als auch einem Vaterkomplex und stand obendrein im Begriff, sich mit dem Kerl einzulassen, der das Eis zustellt, als Mr. Brickwood beiläufig hinter seiner Zeitung bemerkte: «Nettes Mädchen, diese Abigail.»

«Abigail? O ja, sehr nett», pflichtete Teddy bei.

«Und hübsch.»

«Ja, das auch.»

«Und eine reizende und geistreiche Gesellschafterin.»

«Sicher.»

«Mit einem Wort, eine junge Dame mit vielen Vorzügen.»

Teddy nickte. Sie konnte mit ihrem Austin Healy hundertzwanzig fahren und außerdem bei Parties Posaune blasen.

«Na ja, das ist ja jetzt alles aus und vorbei», schloß Mr. Brickwood.

«Ich habe das Aquarium angerufen, aber sie schienen nicht besonders auf meine Fische erpicht zu sein», platzte Teddy plötzlich heraus. «Im Augenblick befinden sie sich noch in Oxford beim Schuldiener, quasi *in loco parentis*.»

Mr. Brickwood warf einen raschen Blick über seine goldene Brillenfassung. «Sicherlich muß es doch irgendwo eine Institution für Fische geben, die dem Battersea-Hundeheim entspricht», schlug er hilfsbereit vor. «Ich erinnere mich, daß in meiner Kindheit Herren mit Pferd und Wagen durch die Straßen Londons zogen und den Kindern Fische in Marmeladengläsern im Tausch gegen überflüssige blecherne Haushaltswaren anboten. Vielleicht läßt sich noch einer von ihnen finden, der deinen Fischen ein gutes Heim bieten könnte.»

«Ich kann einfach nicht verstehen, weshalb wir bloß diesen dummen Krach hatten.» Teddy warf das Manuskript beiseite und begann, die Hände in den Hosentaschen, im Zimmer auf und ab zu wandern. «Abigail hat sich bei jedem anderen Thema, das wir an jenem Nachmittag erörterten, so ungemein vernünftig gezeigt

– das Atomzeitalter, die unterentwickelten Länder und so weiter. Vielleicht... vielleicht», stammelte er, «ließ ich eine Bemerkung über die Fische im Schlafzimmer fallen, die ihr natürliches mädchenhaftes Schamgefühl verletzte.»

Selbstverständlich lag der ausschlaggebende Fehler des braven, biederen Teddy darin, daß er ihr natürliches mädchenhaftes Schamgefühl bei weitem nicht genug verletzt hatte. Wenn eine junge Frau im Frühling eigens die Fahrt nach Oxford unternimmt, macht es ihr wenig Freude, mit dem Atomzeitalter und den unterentwickelten Ländern abgespeist zu werden.

«Ich bin ein Narr gewesen», verkündete er und nahm wieder Platz.

Die Reue nagte an seinem Gemüt wie eine hungrige Ratte am Käse. Es ist nichts dagegen zu sagen, daß ein junger Mann beim Verschwinden seiner Braut die Schultern zuckt und bei der Straßenbahnhaltestelle auf die Ankunft der nächsten wartet. Aber nach einer Weile fällt ihm wieder ein, wie bezaubernd sie lachte, wie prächtig sie sich miteinander unterhielten, ganz zu schweigen von den weichen, kurzen Härchen in ihrem Nacken. Und nichts fördert die traurige Selbsterkenntnis mehr als ein mehrtägiger Aufenthalt in einem kleinen Hotel hinter dem Britischen Museum. Wenn er nicht mit George Churchyard die Theateragenturen abgeklappert hatte, hatte Teddy die meiste Zeit auf Parkbänken gesessen und hatte seinen schwermütigen Blick über das Meer von Sorgen wandern lassen, das vor so kurzer Zeit sein Leben überflutet hatte. Aber wohin er auch blickte, schrumpften diese donnernden Brecher im Vergleich zu dem Bild von Abigails Verlobungsring in der Butter zu harmlosem Geplätscher zusammen. Ein böser Anfall von Katzenjammer begann sich seiner zu bemächtigen.

«Ein Narr!» bekräftigte er seine Erkenntnis.

Mr. Brickwood war endlich über sämtliche jüngsten Ereignisse auf dem laufenden, warf die Zeitung beiseite und betrachtete seinen Sprößling aufmerksam.

«Wie ich bereits sagte, ist es die Pflicht eines Vaters, jederzeit seinen Sohn zu unterstützen. Es bekümmert mich tief, dich in diesem bemitleidenswerten Zustand zu sehen. Aus diesem Grunde will ich dir einen Rat geben, mein Junge: Begib dich mit einem Blumenstrauß und der Bereitschaft zu einem Versöhnungskuß zum Berkeley Square und renke die Sache wieder ein.»

«Nein, nein», sagte Teddy entschieden, sprang auf und begann seine Wanderung durchs Zimmer aufs neue. «Ich denke nicht daran, hinzugehen und vor ihr auf dem Boden zu kriechen.»

«Himmel, Teddy!» rief sein Vater ungeduldig. «Was erwartest du denn von mir? Daß ich einen Verbindungsmann einstellen soll, der den Bittgang für dich übernimmt?»

«Ich bin durchaus bereit, meinen Stolz zu überwinden», erklärte Teddy entschlossen. «Aber ich lasse mich absolut nicht darauf ein, dann noch obendrein die kalte Schulter gezeigt zu bekommen.»

«Teddy, wie du dich aufführst, könnte man wirklich meinen, du wärest bereits mit Abigail verheiratet.»

«Aber ich habe einen Plan», fuhr Teddy fort.

«Und der wäre?»

«George Churchyard», erklärte Teddy. «Dieser Glückspilz, der eine phantastische Anstellung in einem Kabarett ergattert hat, ist mit Abigails Bruder Fabian zur Schule gegangen. Und er stand mit beiden auf bestem Fuß, sooft sie nach Oxford kamen, um *Die Schlachtbank* zu sehen. Ich werde George einfach bitten, einen Sprung in Fabians Büro in der City zu machen und auszukundschaften, wie die Dinge liegen. Wenn Abigail nichts mehr von mir wissen will, dann besteht keine Hoffnung mehr. Falls sie jedoch bereit ist, mich doch noch einmal zu sehen...»

«Mein lieber Teddy, die hohe Diplomatie verliert an dir ein ganz außerordentliches Talent», stimmte Mr. Brickwood ihm zu. «Schon lange bevor du nach Oxford gingst, wußte ich, daß ich mit einem Sohn von bemerkenswerter Intelligenz und Vernunft gesegnet bin. Glaube mir, ich will nichts weiter, als euch beide wieder glücklich zu sehen! Schick mir ein Telegramm ins *Waldorf*, sobald ihr wieder in Liebe vereint seid.»

«Ich werde George noch heute abend in seinem Kabarett aufsuchen», beschloß Teddy. «Für die Zwischenzeit jedoch wäre ich dir dankbar, wenn du mich auf deine Gehaltsliste setzen könntest. Wie du weißt, habe ich die feste Absicht, Abigail ein Leben zu bieten, an das sie nicht gewöhnt ist.»

«Du kannst damit beginnen, einige Manuskripte für mich zu

lesen.» Der Verleger wies auf den hohen Stapel. «Das wird dich bestens in die zeitgenössische Literatur einführen und erlaubt mir, mich mit freiem Kopf den schwerwiegenden Aufgaben in New York zu widmen. Auf den heutigen Tag fällt wohl keinerlei Jubiläum, wie?» fragte er und ließ den Blick hoffnungsvoll über den silbergerahmten Kalender auf dem Kamin wandern.

Teddy zuckte die Achseln.

«Bei Gott, Teddy, mein Junge, hol den Whisky heraus! Mir ist eben eingefallen, daß wir heute vor vielen, vielen Jahren deinen Onkel Horatio endgültig nach Hongkong abgeschoben haben.»

5

Zwei Tage später sperrte Teddy die Wohnungstür auf, nachdem er seinen Vater zum Londoner Flugplatz begleitet hatte, und blieb erstarrt stehen. Er schnupperte. Der Geruch von Zigarren hing in der Luft. Er überlegte rasch, ob sein Vater noch geraucht hatte, ehe er abreiste, aber es war erst elf Uhr vormittags, und Mr. Brickwood war der unwandelbaren Ansicht, daß kein Gentleman vor dem Lunch eine Zigarre raucht. Es konnte auch kein Besuch sein, der seiner Stiefmutter galt – Mr. Brickwoods Gattinnen gab es in mehrfachen Auflagen –, denn sie war noch in Cannes. Vermutlich die Aufräumefrau, schloß er, die sich eine *Romeo y Julieta* zu Gemüte führte, während sie den Küchenboden scheuerte. Oder vielleicht ein gehobener Einbrecher, wie man ihn auf dem Eaton Square erwarten würde?

«Oh, ich bitte tausendmal um Entschuldigung!» rief Teddy aus.

Er war eindeutig in die falsche Wohnung geraten. In einem Fauteuil, neben sich eine offene Zigarrenkiste und eine Whiskyflasche in Griffweite, saß ein grauhaariger, gut angezogener untersetzter Herr mit einem Monokel, der in seiner heiteren Wohlsituiertheit aussah wie der Mann, der eben die Bank von Monte Carlo gesprengt hat.

«Großer Gott!» rief dieser Herr aus. «Er ist es!»

«Ich muß mich im Stockwerk geirrt haben», murmelte Teddy und ging im Krebsgang ins Vorzimmer zurück.

«Natürlich ist er es! Es kann gar niemand anderer sein!» Der Besucher kam auf ihn zu. «Er muß es doch sein, nicht wahr?»

«Diese Wohnungen – äußerst verwirrende Ähnlichkeit –»

«Es ist der liebe kleine Teddy –»

«Wie bitte?»

«Na komm doch! Komm zu mir und gib deinem Onkel ein Küßchen.»

«Heiliger Bimbam – Sie sind – du bist –?»

«Nun ja, vielleicht bist du dafür schon ein wenig zu erwachsen», gab Lord Brickwood zu. «Nimm dir lieber eine Zigarette.»

Teddy glotzte ihn an. Onkel Horatios Foto war aus Gründen, die nie völlig erklärt wurden, unerbittlich aus den Familienarchiven entfernt worden, aber Teddy schien sich an die Abbildung eines schlanken jungen Burschen zu Pferd zu erinnern. Jäh packte ihn der Verdacht, daß dieser Kerl ein Eindringling sei, aber dann überlegte er, daß bei Leuten, die es darauf anlegen, sich als Familienmitglieder einzuschleichen, Lord Brickwood ziemlich weit unten auf der Liste der nachahmenswerten Verwandten stehen würde.

«Wie bist du hereingekommen?» war alles, was ihm zu sagen einfiel.

«Der Portier ließ mich ein. Läßt sich bestechen. Ich würde ihn hinauswerfen. Mein lieber Teddy», fuhr Lord Brickwood fort und ergriff seine Hand, «meine aller-, allerherzlichsten Glückwünsche!»

«Glückwünsche?» wiederholte Teddy verständnislos. «Wozu?»

«Zu deiner bevorstehenden Hochzeit natürlich. Du hast eine so vernünftige und begrüßenswerte Wahl getroffen! Ich habe vor drei Tagen die erfreuliche Neuigkeit durch einen bloßen Zufall erfahren. Als ich in Hongkong in *Maxims Bar* ging, um dort zu frühstücken, stieß ich in einer alten Nummer des *Tatler* auf ein Foto deiner entzückenden Braut. Natürlich warf ich mich sofort ins nächste Flugzeug und kam unverzüglich hierher. Die Hochzeit findet ja ziemlich bald statt, nehme ich an?»

«O ja, bald», murmelte Teddy. «Recht bald.»

George Churchyard war, seit er ihm seine heikle Aufgabe anvertraut hatte, so stumm geblieben, als hätte man ihn in den Weltraum geschossen. Teddy beschloß hastig, nichts zu sagen. Wenn ein Onkel eigens um den halben Erdball reist, um Hochzeitskuchen zu essen und Schampus zu trinken und hören muß, daß die Heirat wegen mangelnden Interesses abgesagt wurde, kann er sich zu Recht verärgert fühlen.

«Und nun verrate mir», setzte Lord Brickwood fort und klopfte seine Zigarre elegant über einem Aschenbecher ab, «wo mein lieber, lieber Bruder ist?»

«Himmel!» Teddy zuckte zusammen. «Ich habe Vater eben zum Fluplatz gebracht. Er ist nämlich nach New York geflogen.»

«Tatsächlich?» bemerkte Lord Brickwood, ohne besonders enttäuscht zu wirken. «Wir müssen genau aneinander vorbeigesurrt sein. Natürlich ist das mein eigener Fehler. Ich war immer schon ein elender Briefschreiber. Aber der Anblick eines leeren Bogen Papiers übt jedesmal eine lähmende Wirkung auf mein logisches Denken aus. Jedenfalls war es die Reise wert, dich wieder einmal zu sehen, mein Guter», setzte er zärtlich fort. «Mir ist's, als sei es erst gestern gewesen, daß du laut quäkend das ganze Zimmer angespuckt hast. Ich habe dir übrigens meine Zuckermarken zurückgelassen.»

«Vielen Dank, Onkel», murmelte Teddy wohlerzogen und zerbrach sich den Kopf, was er nun anfangen sollte.

«Ein hübsches Zimmer», fuhr Onkel Horatio fort und ließ den Blick lächelnd durch den Raum wandern. «Wohin geht es dort drüben?»

«Durch jene Tür? Die führt in das Speisezimmer und anschließend in eine ziemlich geräumige Küche», informierte Teddy ihn. «Und durch die andere Tür des Speisezimmers kommt man auf einen Gang, der zu vier Schlafzimmern und Baderäumen und so weiter führt.»

«Reizendes kleines *pied-à-terre*», fällte Lord Brickwood sein abschließendes Urteil über die Wohnung seines Bruders. «Wie reizvoll London doch wird, wenn die Frühlingsbrise um die Ecken streicht», bemerkte er und blickte durch das Fenster auf den Eaton Square und die Bäume, die sich ungeduldig ihre neuen grünen Sommerkleider überzogen. «Obwohl ich befürchte, daß ich das West End kaum mehr wiedererkennen werde. Nachdem man überall Beleuchtungskörper angebracht und die Mädchen hinausgeworfen hat. Aber komm, mein Junge! Nachdem ich mich zwanzig Jahre in den Tropen habe braten lassen, will ich nun keine einzige Sekunde dieses prachtvollen Tages vergeuden. Wir werden in meinem Club zu Mittag essen. Ich hoffe, du hast keine andere Verabredung?»

Teddy versicherte ihm, daß er nicht die geringste Verpflichtung hätte.

«Ausgezeichnet!» Lord Brickwood griff nach einem grauen Homburg, gelben Handschuhen und einem Stock mit einem Silberknauf. «Ich hoffe nur, daß der Club noch besteht. Max Beerbohm schrieb einmal eine ergreifende Geschichte über einen Mann, der sein Exil nur dadurch überlebt hatte, daß er sich seinen ersten Whisky-Soda nach seiner Rückkehr in seinem Londoner Club ausmalte – als er jedoch hinkam, wurde eben der letzte Schornstein abgetragen. Und wir können uns auch ohne weiteres ein Taxi nehmen», setzte er hinzu und betrat den Lift. «Du kannst dir nicht vorstellen, Teddy, wie schwierig das Leben war, ehe ich aus der Armee austrat und unter den weitherzigeren Voraussetzungen des Fernen Ostens neu anfing. Man konnte nicht eine Flasche anständigen Champagners auftreiben, und die Amerikaner beschlagnahmten alle Taxis.»

«Aber ich dachte immer, sie wären auf unserer Seite gewesen?» fragte Teddy verwirrt.

«Ja, im Grunde genommen waren sie das wohl auch», murmelte Lord Brickwood, schritt zur Haustür und schwenkte seinen Spazierstock mit dem Silberknauf. «Pall Mall», befahl er dem Chauffeur.

Auf der Fahrt äußerte Lord Brickwood sich über die vielen neuen Bauten, die in London wie der Spargel in die Höhe schießen. Teddy saß schweigsam in der Ecke des Taxis. Ihm war zumute, als wäre ein Fabeltier aus dem Märchenbuch auf dem Eaton Square erschienen und hätte begonnen, ihn abzuschnuppern. Er hatte im Laufe der Jahre nur wenig über seinen Onkel erfahren, da Lord Brickwoods Name automatisch jedes Gespräch zum Stokken brachte, sooft er erwähnt wurde. Aber er hatte den Eindruck gewonnen, daß dieser Mann eine Art Finanzgenie sein müßte, und Teddy mußte zugeben, daß er wie die Verkörperung des Reichtums aussah; so zeichneten die Witzblätter die zylinderbehüteten Kapitalisten, die sich zurücklehnten, an ihrer alten Universitätskrawatte zupften, einen Blick auf die flache goldene Taschenuhr warfen und flüchtig an der Nelke in ihrem Knopfloch rochen.

«Wir haben reichlich Zeit für ein bequemes Mittagessen», bemerkte Lord Brickwood zufrieden. «Ich glaube, man kann einen Gentleman als einen Menschen definieren, der niemals in Eile ist, meinst du nicht auch? Nachher», setzte er fort, «wirst du mich vielleicht deiner süßen kleinen Braut vorstellen?»

«Sie – sie ist im Augenblick verreist», parierte Teddy flink. «Nur für einige Tage.»

Er zerbrach sich beunruhigt den Kopf darüber, was zum Kukkuck George Churchyard wohl eingefädelt haben mochte. Abgesehen von einer glücklichen Wiedervereinigung mußte er nun eine lebendige Braut für seinen Onkel hervorzaubern und das obendrein noch äußerst geschickt anstellen.

«Ach, wie schade! Aber ich hätte es erraten sollen. Du wirkst ein wenig bedrückt für einen jungen Mann, der in Kürze zu heiraten beabsichtigt. Verlaß dich nur auf mich, mein Junge, ich werde dir schon die Langeweile vertreiben und dich aufheitern, bis sie zurückkommt.» Onkel Horatio tätschelte das Knie seines Neffen. «Aber bist du nicht in Oxford oder so? Das muß wahrhaft gottvoll sein! Strahlende Wochen, in denen man die Isis in flachen Booten hinunterrudert mit Mädchen, die einzig für die Liebe an einem Sommernachmittag geschaffen zu sein scheinen; wie die Eintagsfliegen», spann er seinen Gedanken weiter. «Soviel ich mich allerdings entsinne, fielen manche von ihnen mehr wie die Moskitos aus.»

«Ich habe erkannt, daß ich dort meine Zeit nur vertrödle», erklärte Teddy forsch. «Sie lassen einen heutzutage ziemlich schwer schuften, weißt du?»

«In diesem Fall kann ich es dir nicht übelnehmen, daß du ausgetreten bist. Diese Universitäten sind Institutionen, die beklagenswert mit Scheuklappen versehen sind. Das Leben ist immer noch der beste Lehrmeister, glaube ich. Obwohl das Lehrgeld manchmal recht hoch zu stehen kommt.» Er pochte mit seinem Stock an die gläserne Trennungswand. «Das genügt schon, Chauffeur. Gute alte Pall Mall!» rief Lord Brickwood und bezahlte das Taxi. «Sieht genauso aus wie früher. Du hast keine Ahnung, wie man von diesem unvergleichlichen Londoner Ruß träumt. Ich komme mir direkt vor wie Rip van Winkle, der versucht, den Nachbarn sein Manöver nochmals vorzuführen.» Sein Kichern klang wie Portwein, der in einen Becher gluckst. «Es ist so lange her, daß ich in London war, daß ich zugeben muß, nicht mehr genau zu wissen, welches mein Club ist.» Seine Augen wanderten über die Reihe anonymer Häuser, die alle so solide gebaut waren, als sollten sie die Lebensdauer der Pyramiden erreichen. «Das ist er, bilde ich mir ein», entschied er und wies mit seinem Stock auf die schwere Tür an der gegenüberliegenden Straßenseite. «Ich nehme an, du kennst seinen Namen?»

«Ja, es ist der *Trafalgar Club*», nickte Teddy. Es schmeichelte ihm, damit seine Welterfahrenheit zeigen zu können.

«Haargenau», nickte Lord Brickwood und schritt eilig die Eingangsstufen empor. «Guten Morgen, Portier», begrüßte er den Mann in dem kleinen Glasverschlag. «Hübsch ein paar Jahre her, daß ich meinen Fuß in diesen Club setzte! Ich wette, Sie erkennen mich gar nicht mehr!»

«Selbstverständlich erkenne ich Sie, Sir», erwiderte der Portier sofort. «Ich erkenne unsere sämtlichen Mitglieder, Sir.»

«Zwanzig Jahre, George – Sie heißen doch George, nicht wahr?»

«Charles, Sir. George ging schon vor einiger Zeit in den Ruhestand.»

«Natürlich, Charles. Ich habe euch immer verwechselt. Sie sind natürlich bedeutend jünger als George.»

«Er ist mir um einige Sommer voraus, Sir», grinste der Portier.

«Hat sich der Herzog von Essex in jüngster Zeit öfters hier blikken lassen?»

«Seine Gnaden sind schon vor ziemlich langer Zeit verschieden, Sir.»

«Wie, der gute alte Rudolph?» Teddys Onkel war fassungslos. «Mein Gott! Wie man im Fernen Osten doch an solchen Nachrichten vorbeigeht! Wir waren einmal sehr eng befreundet.» Er schneuzte sich in ein gelbes Seidentaschentuch. «Aber das bleibt eben keinem von uns erspart, nicht wahr? Wo kann ich meinen Hut abgeben?»

«Gleich rechts, Sir.»

«Danke, Charles.»

«Übrigens, Sir, der werte Name lautet natürlich...»
«Lord Brickwood.»
«Ich bitte um Vergebung, Mylord. Er war mir nur für eine Sekunde entfallen.»
«Schon gut, Charles.»
«Ich setze immer meinen Stolz darein, Sir, jedes einzelne Mitglied zu kennen.»
«Natürlich, Charles. Dazu sind die Portiers von Clubs ja auch da. Kränken Sie sich nicht länger darüber. Der Rauchsalon liegt, wenn ich mich recht erinnere, geradeaus? Komm, Teddy. Ich kann dir sagen, daß es ein stolzer Augenblick für mich ist, dich zum erstenmal als erwachsener Mann als Gast in meinen Club einzuladen.»
Sie traten ein.

6

Der *Trafalgar Club* war auf einem Fundament viktorianischen Vertrauens in das britische Empire erbaut worden und hatte sich bedeutend besser als dieses gehalten. Er zählte Hunderte von Mitgliedern und strömte die gleiche Atmosphäre solider, weiträumiger Schäbigkeit aus wie die Kings Cross Station. Viele riesige braungelbe Ölgemälde und Nischen mit Marmorstatuen von steifen Göttinnen, die den Faltenwurf ihrer Gewänder krampfhaft umklammerten, als hörten sie, unter der Brause stehend, das Telefon läuten, verliehen ihm sein Gepräge. Es ist leicht möglich, daß jene von Dickens besungenen Nebel dereinst hereingekrochen und niemals hinausgelangt waren, denn wie prall auch die Sonne draußen auf Pall Mall scheinen mochte, blieb der *Trafalgar Club* immer in eine Unterwasser-Düsterkeit getaucht, in die sich die Gerüche alter, längst zur Legende gewordener Abendessen mengten.

Lord Brickwood blieb in der Haupthalle stehen, die den Schluß nahelegte, daß die Mitgliedschaft sich auf ungemein sportliche Riesen beschränkte, da die Halle groß genug war, um drei oder vier Familien bequem in Fertighäusern darin unterzubringen. Außerdem wurde sie von Säulen getragen, die dem alten Samson einigen Schweiß abgerungen hätten.

«Genau, wie ich es mir dachte.» Lord Brickwood wandte sich an den Fernschreiber, der hinter der Hutablage aus Messing und Mahagoni munter vor sich hin brummelte. «Vereinigte Karborundum sind um einige Punkte angestiegen. Sie werden platzen, glaube ich. An deiner Stelle würde ich einige erwerben, ehe es zu spät ist, Teddy.»

Teddy bedankte sich für den Rat.

«Aha, der Rauchsalon», verkündete Onkel Horatio, als er einen Raum betrat, der Teddy so groß wie die Albert Hall vorkam. «Nichts hat sich verändert», fuhr er bewundernd fort und richtete sein Monokel auf die Bildergalerie alter Herren mit erschreckendem Blutdruck, die die Wände zierten. «Selbst die gichtigen Stühle stehen bereit, wie ich sehe. Hier können wir bleiben.»

Sie ließen sich in zwei Lehnsessel nieder, die für erschöpfte Elefanten entworfen waren. Ein rheumatischer Kellner trat in Erscheinung, und Onkel Horatio bestellte Champagner in vorgekühlten Kelchen.

«Erzähl mir etwas über die reizende Miss Fitzhammond», fuhr Lord Brickwood fort, als Teddy vorsichtig seinen Champagner trank und still überlegte, ob all jene Gerüchte über seinen Onkel vielleicht nichts weiter waren als Familienklatsch, wie er überall vorkommt. «Ich brenne darauf, sie kennenzulernen. Und ihre Familie natürlich auch. Ihr Vater wohnt wohl ständig in London, nehme ich an?»

Teddy versetzte, seiner Meinung nach äußerst schlau: «Aber Onkel, ich möchte doch viel lieber etwas über deine eigenen Abenteuer im Fernen Osten hören. Bist du all die Jahre in Hongkong gewesen?»

«Hauptsächlich in Macao.» Lord Brickwood machte eine unbestimmte Gebärde mit seinem Glas. «Die portugiesische Kolonie, weißt du. Bedeutend stiller als Hongkong. Dort herrscht von Morgen bis Abend reges Getriebe, und eine Cocktailparty jagt die andere –»

Er brach ab. In dem gegenüberliegenden Fauteuil bewegte sich etwas. Ein schlankes, weißhaariges Mitglied war durch ihr Gespräch aus seinem Dämmerschlaf gerissen worden, in dem es sich, wie ich annehme, seit dem Frühstück befunden hatte.

«Alle guten Geister!» rief Lord Brickwood, als die Gestalt im Halbdunkel zu erkennen war. «Das kann doch nicht der alte –» Er erhob sich und packte die Hand des Mannes. «Sie haben sich kein bißchen verändert», behauptete Lord Brickwood herzlich.

«Was ist?» fragte das Clubmitglied und hielt die Hand lauschend ans Ohr.

«Ich sagte, Sie haben sich nicht eine Spur verändert», brüllte Lord Brickwood.

«Wenn Sie läuten, wird jemand kommen.»

«Sie erinnern sich doch bestimmt an mich? Horatio Brickwood!»

Der weißhaarige alte Knabe schüttelte den Kopf. «Bedaure. Haben den Falschen erwischt. Ich bin General Gowing.»

«Nein, nein, *ich* bin Horatio Brickwood, General. Bin seit vielen Jahren nicht mehr im Club gewesen. Was macht das alte Leiden?» setzte er lauter hinzu.

Ein freundliches Funkeln trat in die Augen des Generals, als dächte er an längst vergangene Schlachten.

«Könnte besser sein.»

«Das tut mir aber leid», brüllte Lord Brickwood.

«Es ist der Rücken», teilte der General ihm mit.

«Ja, ja, der war's doch immer schon, nicht wahr?»

«Genau am Ende des Nackens.»

«Um keinen Zentimeter gewandert, äh?»

«Der Doktor kann auch nichts dagegen tun.»

«Verdammtes Pech.»

«Hab es schon bei jedem einzelnen in der Harley Street versucht.»

«Ich hab von denen auch keine hohe Meinung.»

Der General wollte sich eben über die Strategie und Taktiken seines Feldzugs gegen die Rückenschmerzen verbreitern, als eine andere Gestalt durch das Dämmerlicht schwamm.

«Sir George Peach», stellte der alte Knabe höflich vor, obwohl es ziemlich enttäuscht klang. Schließlich hatten bereits sämtliche anderen Clubmitglieder seit Jahren von seinem beklagenswerten Rücken gehört.

«Ich fürchte, ich habe Ihren Namen nicht ganz verstanden.»

«Lord Brickwood», sagte Lord Brickwood.

«Ich glaube, wir haben gestern hier gemeinsam zu Mittag gegessen», murmelte Sir George verbindlich.

«Ach, ja! Da sieht man, wie die Zeit verfliegt. Ich war einige Jahre im Ausland. Geschäftlich, wissen Sie. Aber ich hoffe, wir können bald zusammen speisen. Es würde mir so dabei helfen, die alten Fäden wiederaufzunehmen. Oder vielleicht ein kleines Kartenspiel eines Abends...»

«Außer vor dem Frühstück bin ich jederzeit zu einem Spiel zu haben», lächelte Sir George.

«Tatsächlich?» Lord Brickwoods Augen leuchteten bei der Entdeckung eines Spielpartners auf. «Ich habe eine große Schwäche für den Kartentisch. Vielleicht wollen Sie mich eines Abends mit einigen Freunden in meiner Wohnung besuchen? Die Einsätze in diesen Clubs sind ja so lächerlich. Jetzt muß ich mich aber verabschieden, denn ich esse heute zeitig. Mein junger Neffe hier –» er wies auf Teddy, der von den Vorgängen ziemlich überwältigt war – «hat bestimmt ein reiches Programm für heute nachmittag für mich zusammengestellt. Habe mich sehr gefreut, Sie wiederzusehen, Peach. Was macht das alte Leiden?»

«Das macht sich um diese Jahreszeit immer ein bißchen bemerkbar», erwiderte Sir George und rieb sich die Schulter.

«Ja, nicht wahr? Ich bin sicher, es wird Ihnen sehr bald wieder um vieles besser gehen! Komm, Teddy. Der Speisesaal befindet sich oben, nicht wahr?»

Das Essen im *Trafalgar Club* war genau wie die Architektur eher auf Dauerhaftigkeit als auf Genuß abgestimmt. Teddy kaute sich durch Steak und Nierenpastete und lauschte gespannt den Kriegsanekdoten seines Onkels, die sich zum überwiegenden Teil auf Polen zu beziehen schienen.

«Ich hoffe, du kannst mich bei einigen Besorgungen begleiten?» fragte Lord Brickwood, als er die Rechnung beglich und sie die Marmorstufen hinunterschritten. «Ich meine, du mußt doch in kein greuliches Amt oder ähnliches zurück?»

«Nein, ich bin ziemlich frei», gab Teddy zu. «Vater hat mir einige Manuskripte zur Besprechung hinterlassen, das ist alles.»

«Das höre ich gern. Es gibt nichts Abträglicheres für einen aufgeweckten jungen Mann als regelmäßige Arbeit. Sie läßt die Seele einschrumpfen wie die Zitrone die Auster. Ich glaube immer –»

«Lord Brickwood!» Der Portier steckte den Kopf aus der Loge, als Onkel Horatio nach seinem Hut langte.

«Was gibt es, Charles?»

«Entschuldigen Sie die Belästigung, Mylord, aber es scheint ein Fehler unterlaufen zu sein. Ihr Name ist in der Mitgliedskartei nicht zu finden.»

«Nein, so etwas!» Lord Brickwoods Augenbrauen zogen sich hoch. «Da werde ich wohl ein Wort mit dem Sekretär sprechen müssen.»

«Ich bedaure unendlich, Mylord.»

«Es ist vermutlich ja zu begreifen», gab Onkel Horatio leichthin zu. «Ich gab meinem Bankhaus vor dem Krieg den Auftrag, einen Pauschalbetrag zu überweisen.»

«Sämtliche Clubunterlagen gingen bei einem Bombenangriff verloren, Mylord.»

«Ah! Das erklärt die Sache natürlich.» Lord Brickwood rieb sich die Hände. «Ich werde den Sekretär doch nicht bemühen. Sehen Sie zu, daß ich auf die Liste des nächsten Jahres gesetzt werde.»

«Jawohl, Mylord.»

«Danke, Charles. Und, Charles –»

«Ja, Mylord?»

«Was macht das alte Leiden?» fragte Lord Brickwood.

7

Während Teddy Brickwood im *Trafalgar Club* nahrhaft verpflegt wurde, machte George Churchyard sich pflichtgetreu auf den Weg in Fabian Fitzhammonds Büro, um einen Versuchsballon für Teddys Werbung steigen zu lassen. George hatte sich von der Idee nicht begeistert gezeigt.

«Du hast verdammtes Glück gehabt, in diesem Nachtclub unterzukommen», hatte Teddy begonnen, als sie sich vor zwei Abenden hinter der Bühne des *Harem Clubs* getroffen hatten.

«Ja, der Bursche, der sonst immer die Witze macht, ist eben wegen Gewalttätigkeit auf dem Leicester Square eingesperrt worden», erklärte George. «Wenngleich ich das Empfinden habe, meine Avantgarde-Linie ziemlich aufgegeben zu haben», gestand er.

«Bringst du den über den Indianerhäuptling?»

George nickte. «Kommt aber lange nicht so gut an wie in Oxford. Ich muß sagen, es ist überhaupt eine recht entmutigende Show. Kaum erscheine ich zwischen den einzelnen Striptease-Nummern, erheben sich sämtliche Kahlköpfe, die dir wie eine Kiste versandbereiter Eier entgegenschauen, wie ein Mann und verschwinden zur Bar.»

Der *Harem Club* gehörte nicht zu den anspruchsvollen Lokalen, in denen es reichlich Samt, livrierte Kellner und sündteuren Champagner gab. Er war bloß ein schlichtes kleines Lokal, das man in einer Seitengasse der Greek Street zwischen einem ziemlich duftstarken italienischen Lebensmittelgeschäft und einem jener Buchläden, die dem psychiatrischen Institut ein reiches Betätigungsfeld bieten würden, kaum bemerkte. Die Eingangstür lag genau hinter den Abfallkübeln eines chinesischen Restaurants, war durch die umherliegenden Bohnensprößlinge und Bambusschößlinge etwas schwierig zu erreichen und mit zwei Fotos von Mädchen geschmückt, die dem Beschauer für das Londoner Klima ziemlich mangelhaft bekleidet vorkamen. Das Innere war gleichermaßen bescheiden mit ungepolsterten Stühlen und Kantinentischen ausgestattet, und eine Reihe von Schildern bestimmte den Ton. Da war zu lesen, daß es verboten sei, Karten zu spielen, aus Flaschen zu trinken und mit brennenden Zigaretten nach den Künstlern zu werfen. Ebenso war es nicht gestattet, daß Herren miteinander tanzten.

George Churchyard hatte den geheimen Ehrgeiz, zur Bühne zu gehen. Diese Laufbahn zieht eine Schar junger Männer an, da sie verschiedene Vorteile bietet, wie zum Beispiel, den ganzen Tag frei zu sein und durch die Rolle verpflichtet, mit einer atemberaubenden Schauspielerin ein Verhältnis zu haben. Er hatte gehofft, in einem literarischen Kabarett beginnen zu können, aber auf seinem Rundgang von einer Theateragentur zur anderen hatte er entdeckt, daß London von aufgeweckten jungen Männern überquillt, die Premierminister nachzuahmen verstehen. Die wenigen degenscharfen Geistesblitze, die zu Anfang die Konventionen des Alltags durchbohrt hatten, schienen sich in einen Angriff festgerannter Bajonette verwandelt zu haben. Zwar, so versicherte er sich selbst, hatte er mehr erreicht als Teddy, aber er fühlte, daß seine Seele vom Essig der Enttäuschung getränkt war.

«Das ist Doris.» George stellte Teddy einer schimmernden Blondine in einem alten rosa Morgenrock vor, die mit einer Tasse Ovomaltine auf einer Orangenkiste saß. «Wie steht's heute mit deinem Katarrh, Süße?»

«Einfach grauenhaft», sagte Doris mit belegter Stimme. «Ich soll mich vor Zugluft hüten und mich gut einwickeln, hat der Doktor gesagt. Feiner Rat!»

«Vielleicht könntest du das Hemd oder sonst etwas anbehalten», riet er ihr mitfühlend. «Schließlich ist die Beleuchtung so elend, daß keiner es bemerken würde.»

«Die Sippschaft da draußen will etwas für ihr Geld», sagte Doris erbost und stellte ihr Tasse nieder. «Du hättest den Wirbel hören sollen, als einmal mein Reißverschluß klemmte! Zugegangen ist es, wie wenn der elektrische Hase vor den Hunden steckenbleibt. Wer ist denn dein sympathischer Freund?»

«Wir waren zusammen in Oxford», erklärte Teddy.

«Hui, alle Achtung», erwiderte Doris und ließ ihre zwei Zentimeter langen Wimpern flattern wie zwei aufgeschreckte Stare.

«Augenblick», unterbrach George.

Er trat auf die Bühne, um Doris als die «verführerische Sonja aus dem verschneiten Schweden, den Eiszapfen mit dem glutvollen Herzen» anzukündigen, während die Musiker am Schlagzeug aus ihrem Halbschlaf aufschreckten und Griegs Klavierkonzert anstimmten.

«Jetzt haben wir Zeit für einen kurzen Plausch», nickte George beim Zurückkommen. «Doris braucht volle acht Minuten, bis sie sich ganz ausgeschält hat. Das ist die ‹Bezaubernde Charlotte aus dem traumhaften Chile›», sagte er mit einer Kopfbewegung, als eine stupsnäsige Brünette, ebenfalls in einem alten Morgenrock, vorbeirauschte. «In Wirklichkeit stammt sie aus Penge, und außerdem glaubt sie, Chile liegt in Sibirien.»

Während Sonjas Striptease weihte Teddy ihn in seinen Plan

einer glücklichen Wiedervereinigung ein. George hörte ihm ziemlich argwöhnisch zu. Persönlich hätte er sich lieber zwischen zwei tollwütige Hunde gestürzt, als sich in die Liebesangelegenheiten eines anderen einzumengen. Aber nichts untermauert die Freundschaft stärker als gemeinsames Unglück, und im Gedenken an Professor Needler sagte er schließlich zu.

«Na schön, ich werde Fabian in seiner Traumfabrik anrufen und ein Treffen vereinbaren», versprach er, als das Klavier und das Schlagzeug eben mit Grieg fertig geworden waren. «Willst du bei der nächsten Nummer bleiben?» lud er ihn ein. «Die ‹Hinreißende Fatima aus dem geheimnisvollen Siam›. Um der Wahrheit die Ehre zu geben, verdankt sie ihre gelbe Gesichtsfarbe der Arbeit in irgendeiner Schießpulverfabrik.»

Als er zur vereinbarten Stunde in den Fitzhammond-Werken eintraf, wurde George im Direktorenaufzug in das lichtdurchflutete Büro seines ehemaligen Klassenkameraden gebracht, das im obersten Stockwerk lag. Auf dem Schreibtisch saß ein Mädchen mit einer Figur wie ein Reklamemodell für Schlankheitspillen. Sie hatte langes blondes Haar, trug kniehohe grüne Stiefel und ein dazu passendes Wams. Um ihren Hals baumelte eine Kette aus Perlen, die wie Affenköpfe aussahen.

«Das ist Morag Aspinall», stellte Fabian Fitzhammond vor, der selbst eine Vorliebe für doppelreihige Westen und Bartkoteletten entwickelt hatte.

«Hallo, Herzchen», sagte das Mädchen vom Schlankheitspillenplakat mit verschleierter Stimme. Sie blickte George an, mit Augen unter so üppig aufgetragenen Lidschatten, daß er sich einen Augenblick fragte, ob wohl jemand sie kürzlich herzhaft durchgebläut hätte.

«Ich gab Morag eben eine Anstellung auf einem unserer Vergnügungsdampfer», fuhr der junge Magnat strahlend fort, drehte seinen Stuhl herum und legte die Füße neben seine zahlreichen Telefonapparate. «Als Hostess», erläuterte er. «Ich versuche, das Geschäft mit einigen neuen Ideen zu beleben, seit mein Alter mich mit der Geselligkeitssparte unserer Schiffe und Hotels betraut hat. Er scheint anzunehmen, daß ich in dieser Richtung begabt bin.»

«Haben wir das nicht alle längst erkannt, Herzchen?» hauchte Morag.

«Morag ist eigentlich Innenarchitektin», erklärte Fabian weiter, «aber ihre Gesellschaften sprengen den Rahmen des Diesseits.»

«Die letzte war völlig kosmisch», pflichtete Morag ihm mit dumpfen Kehllauten bei.

«George Churchyard und ich waren Schulfreunde», grinste Fabian seine neueste Angestellte an. «Wir haben in nächtlichen Stunden so manche Sardinenbüchse und so manche Flasche sprudelnden Apfelweines miteinander geteilt. Nimmst du noch ab und zu an den alten Schultreffen teil, George?»

«Solchen Stammesritualen geht man wohl am besten aus dem Weg.»

«Wie recht du doch hast! Da sitzt man steif herum, verzehrt scheußliche Brathühner, die zäh wie Plastik sind, und der Klassenkamerad liest zur allgemeinen Freude die Namen jener vor, die im Laufe der letzten Monate zu Rang und Ansehen gelangt sind. Dann folgen die geliebten Schullieder, und der Bischof flennt in seinen Portwein. Pfff! Ich fürchte, daß ist nichts für Fitzhammond. Aber bist du jetzt nicht in Oxford?» Er bot ihm seufzend eine goldene Zigarettendose dar. «Ich wollte, ich besäße die nötige Intelligenz für eine Universität.»

«Ich habe Oxford Adieu gesagt», antwortete George vorsichtig. «Mir bot sich eine Gelegenheit, zur Bühne zu gehen.»

«Wie aufregend!» schnurrte Morag und schlug die grünen Stiefel übereinander.

«Ja, jetzt fällt es mir wieder ein», nickte Fabian. «Nach deinem *‹Ödipus›* schrieb die Schulzeitung, Sir Laurence müßte seine Lorbeeren vor dir hüten. Und als *‹Charleys Tante›* warst du einfach umwerfend.» Er runzelte ein wenig die Stirn. «Aber ich glaube nicht, irgendeine Bemerkung in den Zeitungen gelesen zu haben?»

«Ich habe mich dem Kabarett verschrieben», versetzte George ein wenig hastig. Diese grünen Stiefel brachten ihn aus der Fassung. «Bedeutend intimer, du verstehst.»

«Wirklich? In welchem Nachtclub? Ich bin Mitglied der meisten hier in der City.»

«Du wirst ihn kaum kennen. Er ist wirklich sehr intim.»

«Aber Fabian, Herzchen!» Morag ließ ihre Affenköpfe tanzen. «Den schickt uns doch wahrlich der Himmel.»

Fabian blickte sie verständnislos an.

«Der Alleinunterhalter, Herzchen! Mir sieht er *wahnsinnig* unterhaltsam aus.» Morag warf George einen glühenden Blick zu und wiederholte ihren Stiefeltrick.

«Beim Himmel, ja!» Der junge Direktor schnalzte mit den Fingern. «Du könntest dich wohl kaum für zwei Wochen frei machen, George, wie? Uns fehlt ein erstklassiger Alleinunterhalter für die Frühlingskreuzfahrt der *Snowdonia*. Die Agenten haben uns nichts als Akrobaten und Taschenspieler anzubieten. Es wäre ein prächtiger vierzehntägiger Urlaub für dich. Bezahlt natürlich. Allerdings müßtest du bereits morgen reisefertig sein.»

«Vielleicht könnte ich es einrichten, weil du es bist, Fabian», packte George die Gelegenheit beim Schopf. Im Geiste hatte er natürlich längst auf der gestrichelten Linie unterschrieben. Abgesehen von allem anderen, begann Doris, Gefühle für ihn zu entwickeln.

«Ausgezeichnet! Du wirst einige langweilige Formulare unten im Büro des Schiffsdirektors ausfüllen müssen, aber Janet wird dich hinführen», sagte er, als ein anderes Schlankheitsideal mit einem Stenogrammblock erschien.

«Kapitän Kettlehorn wartet bereits seit einer halben Stunde im Büro des Passagierdirektors, Mr. Fabian», verkündete Janet.

Fabian stöhnte auf. «In welcher Verfassung ist er denn?»

«Je nun, seine Gesichtsfarbe ist ziemlich lebhaft und seine Brauen sträuben sich wie ein Stacheldrahtverhau.»

«Was für ein Leben! Es tut mir schrecklich leid, euch hinauskomplimentieren zu müssen», entschuldigte Fabian sich müde und drückte Morags Hand innig. «Aber die Geschäfte, ihr wißt ja –» Er seufzte abermals. «Man hat keinen freien Augenblick. Ich habe mich so gefreut, daß du mich besucht hast, George! Hast du einen Wagen? Fein. Du kannst ihn in unserer Garage in Southampton einstellen und Morag mitnehmen. Paß gut auf sie auf, verstehst du? Sie ist wahnsinnig zerbrechlich.»

«Das reinste Dresdner Porzellan», flötete Morag.

Erst an der Tür erinnerte sich George. «Was ich noch sagen wollte... wegen deiner Schwester Abigail –»

«Abigail?» Fabian hob den Blick von den zu unterschreibenden Schecks. «Sie ist auf alle Welt böse, seit dein Freund Teddy sie sitzengelassen hat.»

«Mittlerweile sprießen ihm aber bereits die Ölzweige aus den Ohren.»

«Dem Himmel sei Dank! Du kannst dir nicht vorstellen, wie es der Familie auf die Nerven fällt, daß sie aussieht wie eine wandelnde Todesnachricht. Wiedersehen, Morag!» sagte er, als sie mit ihren drei Zentimeter langen blutroten Fingernägeln in seine Richtung winkte. «Schick mir eine Ansichtskarte aus Gibraltar.»

«Danke für den Job», sagte George.

Vielleicht hatte er Teddys Anliegen nicht mit besonderem Nachdruck vertreten, aber es war verdammt schwierig, sich über gequälte Seelen und ähnliches vor einem jungen Herrscher auszulassen, der nach allen Richtungen so geschäftig herrschte wie Fabian Fitzhammond. Von den bewußten grünen Stiefeln ganz zu schweigen.

«Schicken Sie Kapitän Kettlehorn zu mir, Janet, bitte», schloß Fabian forsch.

«Ja, Mr. Fabian.»

«Und, Janet –»

«Ja, Mr. Fabian?»

«Bleiben Sie als Rettungsanker in der Nähe, wenn Sie den Eindruck gewinnen, daß er mich rammt.»

8

«Lieber Vater», schrieb Teddy Brickwood mit Großbuchstaben. Er setzte ab. Bei einem Preis von etwa zweieinhalb Shilling pro Wort mußte der «Lieber Vater» weg. Statt dessen schrieb er: «Bedaure Dir mitteilen zu müssen», strich es durch und fing frisch an: «Teile Dir mit Vergnügen mit.» Er kratzte sich mit dem Bleistift auf dem Kopf. Vermutlich sollte er das Telegramm professioneller abfassen, etwa in der Art: «Onkel Exhongkong London angeflogen – scheint finanziell gesellschaftlich vernunftmäßig ok», aber er gab es auf. Ein an der ehrwürdigen Universität von Oxford ausgebildeter Geist war ein zu empfindliches Instrument, um jene Gedanken, die im Augenblick in ihm brodelten, auf plumpe Kabelsprache zusammenzustreichen.

Es war acht Uhr früh und der Morgen nach Lord Brickwoods Ankunft. Onkel Horatio hatte es verstanden, wie Teddy zugeben mußte, den Vortag äußerst angenehm zu gestalten. Nach dem Mittagessen im *Trafalgar Club* hatte Onkel Horatio ihm eröffnet: «Nun, mein Junge, muß ich zur Bank. Zu Potts, natürlich.»

Potts auf dem St. James Square war dem *Trafalgar Club* völlig ebenbürtig und gehörte nicht zu jenen unfeinen Banken, in denen ich oder Sie, in einer Schlange mit dem Fischhändler vom Platz stehend, der seinen Wochenerlös einzahlt, verschämt einen Scheck auf den Schalter legen. Bei Potts wurden einige der vornehmsten Kontenüberziehungen des Landes geführt, und sie vermittelten den Eindruck, daß Zaster nichts weiter als eine lästige Notwendigkeit sei, wie etwa eine Zahnbürste oder ein Regenschirm.

«Ich möchte den Direktor sprechen», sagte Onkel Horatio ohne Umschweife und trat an das Mahagonipult.

«Wie ist der Name?» fragte der strenge Vogel im steifen Kragen, der sich durch einen Stoß von Fünf-Pfund-Noten fingerte.

«Lord Brickwood.»

«Oh, selbstverständlich, Mylord.»

Er fegte die Scheine dienstbeflissen beiseite. Das ist auch so eine kuriose Erscheinung – heutzutage, da die Demokratie wie ein Schädlingsbekämpfungsmittel im ganzen Land versprüht wird, gibt es nichts Wirksameres als einen Adelstitel, um jedermann die Ohren spitzen und aufmerksam werden zu lassen. Wahrscheinlich steht in unserer Zeit, in der man beinahe alles auf Abzahlung kaufen kann, ein Adelsprädikat ebenso hoch im Kurs wie etwa eine gute Golfvorgabe.

«Ich fürchte, der Herr Direktor befindet sich im Augenblick im Finanzministerium, Mylord», erwiderte der Bankbeamte. «Wäre Ihnen mit einem der Direktionssekretäre gedient?»

«Mit dem ranghöchsten.»

«Natürlich, Mylord. Hier, wenn ich bitten darf.»

Teddy und Onkel Horatio wurden in einen düsteren Raum mit einem drei Quadratmeter großen Schreibtisch geführt, hinter dem unter einer Hängelampe ein junger Mann mit gestreifter Hose saß.

«Ich würde gern ein Konto eröffnen», ließ Onkel Horatio verlauten, sobald die unvermeidlichen Höflichkeiten ausgetauscht waren. «Ich bin erst heute aus dem Fernen Osten, wo ich mich mehrere Jahre geschäftlich aufhielt, nach London zurückgekehrt. Zwar wurde es mir nicht an der Wiege gesungen, daß ich einmal einer kommerziellen Betätigung nachgehen würde, aber heutzutage muß – Gott sei's geklagt! – selbst ein Pair den Gegebenheiten Rechnung tragen.»

Da Onkel Horatio, soweit Teddy unterrichtet war, Geschäftsabschlüsse tätigte, seit er versucht hatte, in Kensington Gardens seinen Kinderwagen zu zerlegen, wußte Teddy die bescheidene Zurückhaltung Lord Brickwoods zu schätzen.

«In Kürze werden aus Hongkong Gelder – bedeutende Gelder – überwiesen werden», fuhr Lord Brickwood fort. «Dieses Schreiben wird sicherlich zur Akkreditierung genügen –» Er schaltete eine Pause ein und rückte sein Monokel zurecht. «Hatten Sie – hm – während des Krieges in Finanzkreisen zu tun?»

«Ich war eben erst alt genug, den ganzen Krieg hindurch bei der Air Force auf dem Kontinent zu dienen.»

«Ah, wunderbar. Ich habe viele gute Freunde unter den Generalen der Luftwaffe. Wie ich bereits sagte, wird dieser Brief als Einführung genügen. Ich möchte ein Konto mit einem Nominalbetrag eröffnen – sagen wir hundert Pfund.» Er entnahm seiner Brieftasche einige Noten. «Wenn Sie mir ein Scheckbuch ausstellen könnten –»

«Selbstverständlich, Lord Brickwood.»

Der Sekretär drückte auf einen Klingelknopf.

«Und nun», sagte Onkel Horatio und tätschelte liebevoll seine Brusttasche, sobald er mit Teddy die Treppen hinabschritt, «habe ich einige Einkäufe zu tätigen. Vor allem muß ich einen anständigen Schneider und Hemdenmacher finden – ich glaube kaum, daß ich wieder meine ehemaligen Lieferanten aufsuchen werde, sie waren selbst damals schon entsetzlich altmodisch –, und anschließend wird es mir ein besonderes Vergnügen bereiten, dir ein Hochzeitsgeschenk zu kaufen.»

«Nein, nein!» rief Teddy ziemlich erschrocken aus. Ein Onkel aus Hongkong mochte einigermaßen verärgert sein, wenn eine Braut nicht auftauchte, aber er mußte unweigerlich wütend werden, wenn er obendrein noch eine silberne Bratpfanne oder was immer sonst in sie investiert hätte. «Ich will nur sagen, das eilt durchaus nicht. Sicherlich wird sie in ein oder zwei Tagen zurück sein», setzte er eilig hinzu. «Vom Land, meine ich. Aber wenn sie vielleicht beschließt, länger Ferien zu machen –»

«Unsinn! Wir werden es noch heute nachmittag kaufen. Wenn es deiner zukünftigen Frau dann mißfällt, bleibt immer noch genügend Zeit, es umzutauschen.»

«Ich möchte nicht, daß du dein ganzes Bargeld ausgibst –»

«Mein lieber, guter Junge! Das kommt überhaupt nicht in Frage. Wir werden überall Konten eröffnen. Taxi!»

Jeder Zweifel, den Teddy darüber gehegt hatte, ob sein Onkel tatsächlich stinkreich sei, zerstob unter der Einkaufsflut, die nun durch die Bond Street wogte. Lord Brickwood stattete sich für das Leben in seinem geliebten Heimatland mit einer Vielfalt von Behelfen aus, die vom elektrischen Zigarrenabschneider bis zum komplett eingerichteten Picknickkorb für fünfzehn Personen reichten, von etlichen Dutzend Seidenkrawatten, zwei Golfschlägern und einem Fünf-Jahres-Abonnement des *Punch* ganz zu schweigen. Teddy war von den schwindelerregenden Ausgaben so betäubt, daß er es kaum begriff, als er mit einer vollelektrischen Küche beschenkt wurde. Jedenfalls hoffte er, sie später wieder zurückschicken zu können, da sie nur auf Rechnung seines Onkels geschrieben worden war.

Ihr letzter Besuch galt dem *Ritz*.

«Ich ließ meine gesamte Korrespondenz und alle Telegramme hierher schicken», sagte Lord Brickwood an der Flügeltür. «Ich wäre bitter enttäuscht, wenn sie mich nicht unterbringen könnten. Meines Erachtens war es immer schon das einzige Hotel Londons, in dem man überhaupt absteigen kann.»

«Onkel –» begann Teddy.

Ein ebenso grandioser wie einfacher Gedanke durchzuckte ihn. Ein Onkel, der offenbar den märchenhaften Orient gepachtet hatte, müßte nicht nur auf gewisse Andeutungen reagieren und Brickwood & Vole vor dem Untergang retten, sondern obendrein auch noch mit den Moneten für einen kabarettistischen Nachtclub herausrücken. Dann konnte er mit Abigail statt unter dem schmählichen Gerassel der Registrierkasse zu den Klängen fröhlicher Glocken zum Altar schreiten.

«Onkel», lud er ihn ein, «falls du keinen besonderen Wert darauflegst, im *Ritz* abzusteigen, warum ziehst du dann nicht zu uns? Platz ist doch genügend vorhanden, und du könntest dich so lange im Bad aufhalten, wie es dir Spaß macht. Und was das Essen anbelangt –»

«Mein guter Junge!» Lord Brickwood legte eine Hand auf Teddys Schulter. Teddy bemerkte mit Vergnügen, daß sein Onkel zutiefst gerührt war. «Wenn ich aus meinem langen und ereignisreichen Leben etwas gelernt habe, dann ist es dieses – daß das *Ritz* kein Ersatz für ein Heim ist, wie bescheiden es auch sein mag. Ich mache mit dem größten Vergnügen von deiner verständnisvollen Einladung Gebrauch. Mein Gepäck, das zur Zeit in der Aufbewahrung des Waterloo-Bahnhofs liegt, ist bescheiden. Durch die Flugvorschriften beschränkt, verstehst du. Mein gesamtes schweres Gepäck folgt per Schiff.»

«Du hast also vor, längere Zeit in London zu bleiben?» fragte Teddy hoffnungsvoll.

«Ich beabsichtige», erklärte Lord Brickwood feierlich und hängte sich bei seinem Neffen ein, «es im Glast der Jahre meines Sonnenuntergangs zu baden.»

Er winkte einem Taxi, das sie zum Eaton Square brachte.

Lord Brickwood bestand darauf, Teddy zum Abendessen in ein kleines, von vielen Gerüchen heimgesuchtes Restaurant in Bayswater einzuladen, bloß weil er dort, wie sein Neffe verblüfft zur Kenntnis nahm, einmal während des Krieges eine Banane bekommen hatte. Nach einigen weiteren Anekdoten über Polen hatte sein Onkel beschlossen, zeitig nach Hause zu gehen. Er trat nun in der Wohnung seines Bruders mit strahlender Morgenmiene, angetan mit einem grellblauen Seidenschlafrock, auf dem sich weiße Drachen tummelten, aus seinem Schlafzimmer.

«Guten Morgen, mein Junge!» rief Onkel Horatio. Teddy ließ sein Telegramm rasch unter der Schreibunterlage verschwinden. «Habe prächtig geschlafen. Wenn man bedenkt, daß ich mich erst an diese scheußliche Londoner Zeit anpassen muß. Und jetzt –» er rieb sich die Hände – «verrate mir, wo zum Frühstück gedeckt ist?»

«Gedeckt ist wohl kaum der richtige Ausdruck», sagte Teddy. «Ich hole es mir im Vorbeigehen eher immer selbst in der Küche.»

«Sei ein gutes Kind und sage der Köchin, daß ich Speck, Eier und ein kleines Stück Niere haben möchte.»

«Ich fürchte, es sind keine Nieren im Haus», fuhr Teddy verlegen fort. «Um es genau zu sagen, haben wir im Augenblick auch weder Speck noch Eier. Und so leid es mir tut, muß ich gestehen, daß bei uns nur Mrs. Gamewell aufräumt, die sich mit einem Kübel Wasser in den Räumen zu schaffen macht und nicht vor halb elf Uhr kommt.» Mit Bestürzung sah er, daß die hohe Stirn seines Onkels sich umwölkte. «Gewöhnlich nehme ich mir einen Teller voll Whispie Krispies», ergänzte er schwunglos.

«Ein Jammer! Ich hatte mich so auf ein anständiges englisches Frühstück gefreut. Na ja, dafür bin ich eben *en famille*, nicht wahr? Wie, zum Teufel, sagtest du übrigens, daß diese sonderbaren Dinger heißen?»

Onkel Horatio aß seine Whispie Krispies, während er die *Times* las und sich der Spalte der persönlichen Nachrichten mit besonderer Aufmerksamkeit widmete.

«Mein gutes altes England!» lachte er und schien seine gute Laune über der ersten von Mr. Brickwoods Zigarren wiederzufinden. «Hat sich nicht im geringsten verändert! Ist dir schon jemals aufgefallen, Teddy, daß in diesem Land, ganz gleichgültig, was du tun möchtest, immer schon jemand vor dir da war, der eine Gesellschaft dagegen ins Leben gerufen hat? Hetzjagden, Vivisektion, Verchlorung des Wassers, Einäscherung, offene Wirtshäuser am Sonntag. Daraus könnte man ein ungeheures Kapital schlagen», setzte er dunkel hinzu. «Nun – welches Programm hast du für den heutigen Vormittag?»

«Ich muß einen Sprung zur Post machen und einige Wege erledigen.»

«Und ich werde einfach hierbleiben und einige Anrufe machen. Vielleicht hast du eine Ausgabe von *Who's Who* zur Hand? Ausgezeichnet. Ich werde es ein wenig durchblättern. Ein vortreffliches Werk, um alte Verbindungen wiederherzustellen. Besorg mir doch irgendwo die *Financial Times* und *Country Life*, sei so gut.»

Teddy sandte sein Telegramm vom Postamt in Knightsbridge ab und schwenkte in den Hyde Park hinüber. Der Park dehnte und streckte sich in frühlingshaften Kräften, aber Teddy bemerkte weder die Tulpen noch die munteren Kaninchen, noch die Boote, die ihre Ruder klatschend ins Wasser tauchten, noch die Pärchen, die einen bösen Anfall von Rheumatismus riskierten, weil sie so früh damit im feuchten Gras begannen. Etwas an den Londoner Parks verleitet zum Nachdenken, und Teddy wanderte in tiefer Versunkenheit dahin. Er fragte sich beklommen, ob der Plan für eine glückliche Versöhnung sich irgendwo in den Anfängen festgefahren hatte. Es war für einen jungen Mann schon schwer, seine Braut aus persönlichen Erwägungen zurückzugewinnen, aber um wieviel schwieriger war es, sie wegen eines Onkels auftauchen zu lassen! Wenn George seine Aufgabe nicht erfüllt hatte, blieb wohl nichts anderes übrig, als selbst zu ihr zu gehen und sie mit so viel Anstand wie möglich um Verzeihung zu bitten. Er wollte George anrufen, aber das Haus in Notting Hill, in dem sich sein Freund kurzfristig eingemietet hatte, besaß keinen Telefonanschluß. Teddy bemerkte plötzlich, daß er sich bereits auf halbem Weg nach Notting Hill befand und beschloß, dort nachzufragen.

«Wer? Mr. Churchyard?» fragte die Frau mit dem Mop auf den Eingangsstufen. «Meinen Sie den mit dem Bart? Den hat die Polente am Freitag abgeholt.»

«Nein, er ist eher ein blonder Typ mit energischem Kinn», beschrieb Teddy seinen Freund. «Er hat eine Vorliebe für Krawatten, auf denen kleine Känguruhs sind.»

«Dann ist es der, der immer so spät heimkommt. Der ist fort.»

«Fort?»

Sie nickte. «Heut früh. Mit einer Dame.»

«Wie sah die Dame aus?» erkundigte sich Teddy mit zugeschnürter Kehle.

«Das dürfen Sie mich nicht fragen, mein Guter. Heutzutage läuft ja alles mögliche herum, oder hab ich nicht recht?»

«Danke.» Teddy nickte ihr zu und überließ sie ihrem Mop.

Sonderbar, dachte er beklommen. Er vergrub seine Hände tief in den Hosentaschen. George und Abigail? Sicher nicht! Aber die beiden hatten immer sehr vertraut miteinander getan, sooft sie nach Oxford gekommen war, fiel ihm ein. Dann war da die Geschichte mit dem Regenschirm. Natürlich war es kein sehr großer Schirm gewesen, aber *so* dicht hätten sie doch nicht nebeneinander zu gehen brauchen.

«Unmöglich», murmelte Teddy.

Er winkte einem Taxi und fuhr zum Berkeley Square. Vorher machte er noch einen Abstecher in ein Blumengeschäft.

«Hallo, Sydenham», begrüßte er den Mann in gestreiften Hosen, der ihm die Eingangstür öffnete.

In den eleganteren Londoner Häusern sind die Butler bei weitem noch nicht ausgestorben. Der einzige Unterschied gegen früher besteht darin, daß sie in den Gehaltslisten der Vermittlerstellen als Personalaufseher geführt werden.

«Oh, Mr. Brickwood», begrüßte Sydenham ihn. «Guten Morgen, Sir.»

«Ich möchte Miss Abigail sprechen, bitte.»

«Ich fürchte, Miss Abigail ist fort, Sir.»

«Fort?»

«Mit unbekanntem Ziel, Sir.»

«Verdammt noch mal!» versetzte Teddy wütend. «Mir können Sie das Ziel doch dicherlich verraten?»

«Ich fürchte, dieses Ziel muß besonders Ihnen unbekannt bleiben, Sir.»

«Oh», sagte Teddy. «Ich verstehe.» Er überlegte. «Danke, Sydenham.»

Teddy trat wieder auf den Berkeley Square hinaus. Dort fand er eine leere Bank, setzte sich und kam sich reichlich dumm vor, besonders, weil er den Strauß Mimosen in der Hand hielt. Plötzlich stieß er einen Schrei aus. Eben war ihm die Geschichte mit dem Erdbeereis eingefallen. Er hätte wetten können, dieser widerliche Bursche George putzte es gar nicht mit einem Waschlappen von ihrem Kleid, als er eintrat. George war schon immer ein Frauenheld gewesen, überlegte Teddy schmerzerfüllt. Er verstand es, sie mit Geschichten über romantische Reisen zu den Inseln im Pazifischen Ozean oder, wenn das besser in seinen Kram paßte, irgendwohin an die Südküste zu beschwatzen.

«Der Teufel hole ihn!» murmelte Teddy und knirschte so heftig mit den Zähnen, daß der Schmelz beinahe absprang.

Dumm, wie man zugeben muß. Aber man braucht doch bloß an den von Wahnvorstellungen gehetzten Othello zu denken, der brüllend und mit Schaum vor dem Mund umhertobt und die Leute erwürgt, wenn selbst der jüngste Besucher der Schülervorstellung auf dem Stehplatz ihm sagen könnte, daß die Taschentuchgeschichte völlig harmlos ist.

«Das wird er mir büßen», murmelte Teddy wütend.

Er erhob sich und trat entschlossen den Rückweg zu seiner Wohnung an. Bloß einmal blieb er stehen, um dem Mann, der die Parkzettel am Fahrbahnrand ausschrieb, mit besten Grüßen die Mimosen zu überreichen.

9

«Hallo!» rief Teddy, als die Lifttüren sich im Erdgeschoß von Eaton Square öffneten und Mrs. Gamewell stolz erhobenen Hauptes den Aufzug verließ. «Sind Sie heute schon so früh fertig?»

«Ich will meine Arbeitspapiere», forderte Mrs. Gamewell.

«Ihre Papiere? Ja, warum denn, um Himmels willen? Sie sind doch jetzt praktisch so lange ich zurückdenken kann bei uns?»

«Feine Art, mit mir umzuspringen, das muß ich schon sagen», fuhr sie mit der Haltung einer Primadonna fort, die eben in Covent Garden mit Pfiffen von der Bühne vertrieben wurde. «Mein Mann wird noch ein Hühnchen mit Ihnen rupfen, darauf können Sie sich verlassen.»

«Ach, gegen den Herrn in unserer Wohnung ist nichts einzuwenden», begriff Teddy. «Er ist mein Onkel Horatio aus Hongkong.»

«Hongkong hat sich was! Dort droben ist das reinste Irrenhaus. Jawohl, ein Irrenhaus!» bekräftigte sie und schritt zur Haustür. «Da werden Sie noch viele Schwierigkeiten haben, glauben Sie mir!»

Sie ließ einen ziemlich verdutzten Teddy zurück. Er betrat den Aufzug und fuhr hinauf.

Trotz seiner wunden Seele hatte er auf dem Heimweg eingesehen, daß es nun erst recht wichtig war, seinen Onkel bei guter Laune zu halten. Er mußte ihn schon in eine wahrhaft königliche Stimmung versetzen, ehe er erwähnen durfte, daß der Londoner

Zweig der Familie so bankrott war wie die englischen Bahnen und seine Braut sich mit seinem besten Freund aus dem Staub gemacht hatte. Er beschloß, dieses Geheimnis ein oder zwei Tage für sich zu behalten. Bis dahin konnte Onkel Horatio sich an das Londoner Klima gewöhnt haben und jene beträchtlichen Kapitalien würden aus Hongkong überwiesen sein. Vorläufig aber war das Frühstück wohl doch nicht ganz das richtige für den alten Knaben gewesen, selbst wenn er eine Portion Whispie Krispies bekommen hatte, denen immer eine kleine Raumrakete aus Plastik beigepackt war. Teddy hatte für seine eigene Person einen anspruchslosen Essensplan von Kartoffelpuffern und gebackenen Bohnen aufgestellt. Da er aber einsah, daß er für das Mittagessen etwas Exquisiteres bieten sollte, hatte er auf dem Sloane Square eine Dose Sardellen und einen ziemlich stark duftenden Camembert eingekauft.

«Oh, ich bitte um Vergebung», rief Teddy erschrocken, als sich die Wohnungstür öffnete. Er schien sich abermals im Stockwerk geirrt zu haben.

«Bittöh?» flötete ein ätherisch aussehender Jüngling mit rötlichem Backenbart und einer gestreiften Weste.

«Ich – ich wollte in die Wohnung Mr. Brickwoods.»

Der rötliche Jüngling musterte Teddy, als wäre er der Mann von der Müllabfuhr.

«Ihr Name?»

«Mr. Brickwood. Edward Brickwood.»

«Augenblick. Ich will nachsehen, ob Seine Lordschaft hier ist.»

Teddy stand auf dem Türvorleger und kam sich reichlich albern vor, besonders natürlich mit dem Camembert.

«Lord Brickwood läßt bitten», ließ der Butler sich herab und trat zur Seite.

Teddy trat ein. Sein Onkel lag bäuchlings auf dem Sofa, verzehrte ein Kiebitzei und war nur mit einem Badetuch bekleidet, während eine junge Frau im weißen Kittel seinen Rücken massierte und eine andere in einem rosa Arbeitsmantel an seinen Nägeln arbeitete.

«Teddy, mein Guter! Ich habe dich schon eher zurückerwartet. Was kann zu dieser frühen Stunde bloß dein Interesse in London gefesselt haben?»

«Ich – ich wußte nicht, daß du Gesellschaft hast, Onkel», stotterte Teddy.

«Sylvia und Hermione», stellte er seine dienstbaren Geister vor und schälte sich ein zweites Ei. «Wie ich die chinesische Massage entbehre! Ja, Alastair?» fragte er den mit zimperlichen Schritten eintretenden Butler.

«Fortnum & Mason haben einige äußerst appetitliche Lebensmittel zugestellt, Sir.»

«Rasche Arbeit», nickte Lord Brickwood, während das Mädchen im weißen Kittel seinen Rückenwirbel hätschelte. «Ich hoffe, Sie haben dem Küchenpersonal gesagt, es soll an die Arbeit gehen. Ja? Gut.»

«Sie haben eine ganz entzückende Nagelhaut», flüsterte die Maniküre.

«Onkel –» brach es aus Teddy.

«Ja, mein Junge? Sag, was hältst du da bloß in der Hand?»

«Einen Camembert.»

«Bringen Sie ihn sofort in die Küche, Alastair.»

«Sehr wohl, Sir.»

«Nehmen Sie das auch gleich mit.» Teddy zog die Sardellendose aus der Tasche, und der Butler trug den Käse mit abgespreiztem Arm hinaus. «Hast du all diese Leute aus Hongkong mitgebracht?» fragte er neugierig.

«Du meine Güte, nein. *Genau* dort, Hermione, zwischen den Schulterblättern. Ich mußte mir heute früh eingestehen, mein Junge, daß deine *ménage*, die für einen jungen Mann von beneidenswert unverbildetem Geschmack natürlich bestens angemessen ist, doch kaum einem Mann entspricht, der – Gott sei's geklagt! – in glücklicher Eintracht mit seinen natürlichen Bedürfnissen lebt. Deshalb rief ich eine dieser ausgezeichneten Stellenvermittlungen an. Ich ersuchte sie jedoch, das Personal auf das unbedingt erforderliche Mindestmaß von zehn Leuten zu beschränken.»

«Zehn Leute!»

«Ja, du wärst überrascht, wie rasch die verbraucht sind. Wir haben einen Butler, einen Lakaien, drei in der Küche, diese beiden reizenden jungen Damen, einen Chauffeur –»

«Aber wir haben gar keinen Wagen!» rief Teddy.

«Du lieber Gott, du willst mir doch wohl damit nicht andeuten, daß dein Vater in einem gewöhnlichen Autobus durch London fährt? Ich werde das Büro auf dem Piccadilly anrufen und Auftrag geben, daß man uns sofort einen Rolls zuschickt. Ja, Alastair?»

«Eine Miss Turnpenny, Mylord.»

«Wer kann das bloß sein?» sagte Onkel Horatio stirnrunzelnd. «Jung? Alt? Häßlich? Hübsch? Sammelt sie Spenden für die Rettung Schiffbrüchiger? Oder ist es die Nachbarin, die sich eine Dose Zucker ausborgen will?»

«Sie trägt eine winzige Schreibmaschine und ein riesiges Stenogrammheft, Mylord.»

«Ach, dann ist es meine Sekretärin. Ungemein rührig, diese Agentur. Bitten Sie sie herein.»

Ein hübsches junges Mädchen von etwa neunzehn Jahren trat ein. Sie trug das Haar nach der neuesten Mode eng an den Kopf geklebt, wie das sämtliche neunzehnjährige Londonerinnen tun. Vermutlich war sie überrascht, ihren Chef halbnackt und unter Hermiones und Sylvias Händen anzutreffen, aber sie hatte eines jener Gesichter, die nicht leicht eine heftige Bewegung ausdrükken. Sie hatte, um genau zu sein, eines jener Gesichter, die an sich kaum irgend etwas ausdrücken.

«Stellen Sie die Schreibmaschine ab, mein Kind», sagte Lord Brickwood, wickelte sich in das Handtuch ein und setzte sich auf, als Hermione mit ihrem Repertoire zu Ende gekommen war. «Wie war doch Ihr voller Name?»

«Dawn Turnpenny», antwortete die Sekretärin.

«Dawn! Was für ein reizender Name! Und woher kommen Sie, Dawn?»

«Aus Petts Wood.»

«Natürlich!» lachte Onkel Horatio genießerisch. «Es ist mir zwar nicht ganz geläufig, wo Petts Wood liegt, aber ich vermag es mir leicht auszumalen. Grüne Lichtungen, in denen sich bezaubernde Geschöpfe, wie Sie eines sind, in den Strahlen der goldenen Sonne tummeln.»

«Es ist ein Industrieviertel», berichtete Dawn.

«Ach, meine Träume werden heutzutage so regelmäßig zerschlagen wie Hausporzellan. Ich werde nachmittags einige Briefe und ähnliches zu diktieren haben, Dawn. Bis dahin wird sich dieser junge Herr Ihrer annehmen.» Er wies mit einem Kopfnicken auf Teddy hin. «Wäre es dir sehr lästig, deinen Anzug gegen etwas Respektableres zu vertauschen, mein Junge?» fragte er. «Wir haben heute zu Mittag Damenbesuch.»

«Ach!» sagte Teddy.

«Eine Mrs. Prothero, die zur Zeit in Edinburgh lebt. Ganz entzückende Dame. Sie kommt per Flugzeug hierher, wir haben nämlich eine kleine geschäftliche Unterredung. Es ist mir einfach gräßlich, solche Dinge in einem Restaurant zu erörtern, wo hinter jeder Säule ein Kellner zuhört. Besonders, wenn es sich um eine so empfindsame Seele wie Mrs. Prothero handelt, die von keinerlei niedrigem Krämergeist verdorben ist. Morgen zur gleichen Zeit, meine Guten», befahl er. Die beiden falteten ihre Arbeitsmäntel zusammen und machten sich fertig zum Gehen. «Unser Gast wird in zwanzig Minuten erscheinen. Alastair!» rief er.

«Mylord?»

«Stellen Sie den Champagner ins Eis», bestimmte Onkel Horatio.

Er begab sich ins Ankleidezimmer und summte einige Takte aus «Auf in den Kampf» vor sich hin.

10

«Es wird ein ganz intimes Essen sein», setzte Onkel Horatio Teddy auseinander, wobei er das hübsche Mädchen mit dem koketten Servierschürzchen nicht aus den Augen ließ, das den Tisch deckte. «Nur wir drei. Wie ich mich darauf freue! Ach, da kommen die Blumen, Alastair», unterbrach er sich, als der Butler hinter einer Ladung von Zellophanschachteln auftauchte. «Meiner Meinung nach passen Orchideen eben doch am besten zum Tischbesteck, findest du nicht auch, Teddy?»

«Weißt du, Onkel –» begann Teddy, der in seinem besten Anzug vor dem Kamin stand, verlegen. Ein Rundblick belehrte ihn, daß sich die exklusive Dachwohnung dank der Blumen und all der Einkäufe des Vortages und des zahlreichen Personals der Kategorie einer überbelegten Mietswohnung bedenklich näherte. «Du willst doch sicher nicht, daß ich hier im Weg bin, Onkel, wie? Wenn du eine ungestörte kleine Plauderei mit Mrs. Prothero beabsichtigst, macht es mir gar nichts aus, im nächsten Büfett ein belegtes Brot zu essen.»

«Aber mein lieber Junge!» Lord Brickwood warf ihm durch das Monokel einen verletzten Blick zu. «Du kannst doch nicht annehmen, daß ich ein Familienmitglied vom Tisch weise? Und überdies ißt ein Gentleman zu Mittag nie belegte Brote. Wenn du manchen Teilen der Unterhaltung nicht ganz genau zu folgen imstande sein wirst, so weiß ich doch, daß ich damit rechnen kann, daß du ruhig dabeisitzen und in passenden Abständen artige Bemerkungen einflechten wirst. Du wirst von Grace Prothero entzückt sein. Ja, mein Kind?» wandte er sich an die eintretende Dawn. «Ach, die Speisefolge.» Er prüfte die maschinengeschriebene Karte sorgfältig. «Kaviar, Consommé, Lachs-Mousse, Huhn... durchweg leichtverdauliche und passende Speisen für ein zwangloses Mittagessen an einem warmen Tag. Arbeiten Sie gern hier, meine liebe Dawn?»

«Kann nicht behaupten, hier bisher viel gearbeitet zu haben.»

«Nun denn, *glauben Sie,* daß Sie gern hier arbeiten werden?» strahlte Lord Brickwood sie ermunternd an.

«Weiß ich noch nicht.»

«Soviel Vorsicht bei einem so hübschen jungen Mädchen zu finden, ist einfach bewunderswert.»

«Ach, gehen Sie!» sagte Dawn ein wenig geziert.

«Heute nachmittag werde ich eine Menge Arbeit für Sie haben, Dawn. Ich nehme an, Sie brennen nicht darauf, in die berückenden Wälder von Petts Wood zurückzueilen? Ausgezeichnet. – Mrs. Prothero», setzte Onkel Horatio, an Teddy gewandt, seine Erläuterung fort, «ist die Witwe eines ganz hervorragenden Industriellen aus Clydeside. Ich hatte das Glück, ihre Bekanntschaft in der Bar des Inselhotels in Hongkong zu machen, als sie den Fernen Osten auf ihrer Weltreise berührte, mit der sie den Schmerz über das unglückliche Ableben ihres geliebten Gatten betäuben wollte. Unsere Geschäfte werden in wenigen Augenblicken erledigt sein.»

«Mylord», verkündete Alastair an der Schwelle des Zimmers, «Mrs. Grace Prothero.»

«Meine liebe, liebe Grace!» rief Onkel Horatio begeistert und eilte mit großen Sprüngen über den Teppich, um die Hand einer dunkelhaarigen Dame mittleren Alters zu ergreifen, deren Aussehen der anheimelnden Eleganz eines guterhaltenen wilhelminischen Sofas glich. «Mir ist, als sei es gestern gewesen, daß –»

«– und Begleiter», ergänzte Alastair.

Lord Brickwood hielt die Mischung von Fingern und kunstvoll gefaßten Brillanten, die an die Lippen zu führen er im Begriff gestanden hatte, in halber Höhe an. Er erblickte einen kleinen Mann in einem schlichten blauen Anzug, mit rotem Gesicht und einer Frisur, die sich wie eine funkelnagelneue Reibbürste sträubte.

«Mr. Angus McInch», klärte Alastair die Lage.

«Rrrechtsanwalt», fügte Mr. McInch hinzu. Er streckte seine knochige Hand mit der unmißverständlichen Geste aus, daß er sie unter allen Umständen wieder zurückhaben wollte.

«Mein Rechtsbeistand», gurrte Mrs. Prothero erklärend. «Da wir Geschäfte zu besprechen haben, bin ich überzeugt, Sie haben nichts dagegen einzuwenden, nicht wahr, Horatio?»

«Nein, nein, nicht im geringsten», erwiderte Lord Brickwood mit steinerner Miene. Er klemmte sein Monokel ins Auge und musterte den Schotten, als wäre der eine der weniger bekannten Zutaten eines Fleischpuddings. «Ich bin natürlich entzückt... unbedingt entzückt... Der Kaviar wird auch für vier ausreichen, dessen bin ich ganz sicher.»

«Ähäm – ich bin kein starker Esser», äußerte Mr. McInch.

«Die Anwesenheit Mr. McInchs wird sicherlich unsere Aufgabe ungemein beschleunigen – ja, erleichtern –» fuhr Mr. Brickwood fort, der seine Fassung wiedererlangt hatte. «Mein Verwandter, Edward», stellte er Teddy vor.

«Nun», bemerkte Mr. McInch nach einem raschen Austausch der Vorstellungen und Erinnerungen, «ist Ihr Partner nicht hier, Eure Larrdschaft?»

«Ach, mein Partner.» Lord Brickwood ließ sein Monokel an der Schnur kreisen. «Nein, er wurde unglücklicherweise am Kommen verhindert.»

«Ähäm, verrhindert?»

«Ja, verhindert», wiederholte Lord Brickwood, eine Spur ungeduldig. «Es war unvermeidlich.»

«Und wo soll diese unglückliche Unverrmeidlichkeit sein?»

«Es handelt sich um seine Güter im Westen des Landes. Um diese Jahreszeit ist er immer wahnsinnig beschäftigt. Die Schafe und die Kühe werfen, neue Zäune müssen aufgestellt und Wassergräben gezogen werden und so weiter und so fort.»

«Ich möchte aber sehr gerrn seine Bekanntschaft machen. Soviel ich weiß, liegt bei ihm die halbe Sicherstellung für das geplante Vorrhaben.»

«Zigarette?» fragte Lord Brickwood.

«Nein, nein, ich rrauche nicht.»

«Ein Glas Champagner?»

«Habe noch nie einen Trropfen angerührt.»

«Was macht das alte Leiden?»

«Welches Leiden? War mein Lebtag nicht einen Tag krrank.»

«Es wird reichlich warm hier drinnen», bemerkte Lord Brickwood. «Alastair, öffnen Sie das Fenster.»

«So, und jetzt will ich kein Wort mehr über Geschäfte hören, ehe wir dieses himmlische Essen voll und ganz gewürdigt haben», lächelte Mrs. Prothero und nippte an ihrem Champagner. «Schließlich, Horatio, hat jedes Ding seine Zeit und seinen Platz.»

«Sie sprechen mir aus der Seele, meine Teure», sagte Lord Brickwood und tätschelte innig die Brillanten. «Wir wollen uns den Appetit nicht durch schnöde kaufmännische Erwägungen verderben lassen. Alastair, nehmen Sie Mr. McInchs Aktentasche. Vielleicht möchte er ein kleines Glas Fruchtsaft haben?»

Für Teddy verlief die Mahlzeit um nichts angenehmer als jene, zu der ihn sein Vater an jenem Tag eingeladen hatte, an dem er aus Oxford hinausgeworfen worden war. Zwar hatte er schon viel über Kaviar reden hören, aber das Zeug war hübsch salzig, und man mußte ihm auf dem Teller wie Kugellagern nachjagen. Die Consommé und der verpfuschte Lachs waren ja in Ordnung, aber er hatte das Gefühl, daß ihm alles weniger in der Kehle steckenbliebe, wenn bei Tisch nicht eine gewisse Spannung herrschte. Mrs. Prothero war gut in Form und schnatterte munter über Kowloon und die Eßstäbchen drauf los, aber Mr. McInch saß da, als hätte er einen Stecken verschluckt. Selbst Lord Brickwoods Überschwenglichkeit schien sich etwas lahmgelaufen zu haben, denn wenn er auch krampfhaft zu Mrs. Prothero hinübergrinste und ihre Brillanten zwischen den einzelnen Gängen fleißig abtätschelte, verfiel er doch immer wieder in Pausen angestrengten Grübelns.

Als Onkel Horatio seinen Cognac nachdenklich im Glas schwenkte, ließ Mr. McInch sein nun bereits bekanntes «Ähäm» hören.

Sie wandten sich ihm zu.

«Ähäm – haben Sie zufällig die Adrresse des Gutes Ihres Partners zurr Hand?» fragte er. «Wie Sie zugeben werden, ist es sehr wichtig.»

«Er besitzt mehrere Güter», bemerkte Lord Brickwood kurz. «Jagdgründe, Fischereien, Schlösser und so weiter. Aber das alles ist von rein akademischer Bedeutung. Ich habe Ihnen ein kleines Geheimnis vorenthalten.»

Alle sahen ihn interessiert an.

«Kein Gentleman verrät ein Geheimnis vor dem Mittagessen», fuhr er munter fort. «Geben Sie mir nicht recht, meine Teuerste? Es ist einfach so, daß mein Partner seinen Anteil weitergegeben hat.»

«Ähäm –» äußerte Mr. McInch und sah aus wie der Ochse vor dem neuen Tor, der gegen seinen Willen interessiert ist. «Und an wen, wenn ich frragen darf?»

«An den jungen Herrn, der Ihnen gegenübersitzt.»

Teddy richtete sich kerzengerade auf.

«An ihn?» rief Mrs. Prothero, und ihre Miene sackte leicht zusammen wie ein wilhelminisches Sofa, auf dem jemand Platz genommen hat.

«Ähäm –»

«Ja. An meinen Neffen Edward Brickwood, einen vortrefflichen jungen Mann, der –» Lord Brickwood griff nach einer Zigarre – «in Kürze Abigail, die einzige Tochter Mr. Charles Fitzhammonds, heiraten wird.»

«Aber natürlich!» Mrs. Protheros Gesicht nahm wieder seine ursprüngliche Form an. «Ich las davon in den Zeitungen.»

«Ähäm –»

«Eine ausgezeichnete Wahl, wie wir alle in der Familie finden.»

«Aye, damit erscheint die Sache in etwas anderem Licht.»

«Genau. Ich bin überzeugt, wir brauchen die Transaktion nicht länger zu besprechen. Wenn Sie die nötigen Unterlagen ausfertigen wollen, Mr. McInch, werden Mrs. Prothero und ich sie unterschreiben.»

Teddy kratzte sich den Kopf. Seine Gedanken waren, wie meistens, wenn seine Anteilnahme nicht verlangt wurde, zu der einen oder anderen Szene seines Stückes abgeschweift und hatten sich dann ein wenig mit der Besetzung befaßt. Da Sir John Gielgud und Michael Redgrave eben unter begeistertem Beifall ein straffes Gespräch mit Vivien Leigh beendet hatten, war Teddy der Unterhaltung bei Tisch nicht gefolgt, aber er hatte das Gefühl, daß sie an irgendeinem Schönheitsfehler krankte.

«Ähäm», sagte Mr. McInch. «Ich würde gern ein paar Worrte allein mit dem jungen Mr. Brrickwood sprechen.»

«Aber, mein Bester!» rief Lord Brickwood aus. «Sie bezweifeln doch wohl keinen Augenblick seine Glaubwürdigkeit? Nein wirklich, Gracie! In meiner Familie sind wir es gewohnt, alle Dinge wie Gentleman zu erörtern.»

«Ich habe bloß ein oder zwei winzige Frragen, Eure Larrdschaft.»

«Nun, da Mr. McInch doch einmal mein Rechtsbeistand ist», gab Mrs. Prothero zu und drehte überlegend am Stiel ihres mit *crème de menthe* gefüllten Glases.

«Natürlich habe ich absolut nichts dagegen einzuwenden», sagte Lord Brickwood und blickte sich hastig um. «Wenn Sie mich nur für einen Augenblick entschuldigen», fuhr er fort und erhob sich, «kann ich meinem Neffen die nötigen Unterlagen aus meinen Akten zur Verfügung stellen. Komm, Teddy.»

«Onkel», begann Teddy ängstlich, sobald sie im Schlafzimmer Seiner Lordschaft verschwunden waren. «Ich glaube, ich sollte dir lieber gleich jetzt sagen, daß ich nicht –»

«Um Himmels willen, halt den Mund!» fuhr Onkel Horatio ihn an und raffte einen Armvoll Briefschaften zusammen. «Sei jetzt ein guter Junge, nimm diese Papiere mit dir hinaus und halte mir diesen scheußlichen Fraß für das Ungeheuer von Loch Ness für zehn Minuten hin.»

«Aber Onkel! Ich muß dir wirklich sagen, daß Abigail und ich –»

«Was er dich auch fragt, du sagst auf alles, deine Lippen seien versiegelt.»

«Onkel! Du mußt jetzt einfach erfahren –»

Lord Brickwood stampfte mit dem Fuß auf. «Wirklich, mein Junge, hör jetzt mit dem Geplärre auf. Du brauchst mir den Mann ja bloß zehn Minuten vom Leib zu halten. Also gut, fünf Minuten, wenn dir das lieber ist. Du kannst immer vorgeben, etwas in den Unterlagen zu suchen, verdammt noch einmal.»

«Ich versuche doch nur, dir zu erklären, daß ich fürchte, wir verleiten Mr. McInch –»

«Verleiten?» Lord Brickwood warf ihm durch sein Monokel einen vernichtenden Blick zu. «Du willst doch hoffentlich nicht damit andeuten, daß dein Onkel etwas tut, das auch nur im geringsten zweifelhaft ist?»

«Nein, gewiß nicht, aber –»

«Also reg dich ab, Teddy, und tu etwas. Es muß dir doch schon längst klargeworden sein, daß ich bloß versuche, einen engstirnigen, pedantischen Schotten zufriedenzustellen, der vermutlich allabendlich sein Kleingeld nachzählt und Knöpfe in den Klingelbeutel steckt, nicht wahr? Da sind wir», verkündete er wohlwollend und schob Teddy in das Speisezimmer. «Ich habe meinen Neffen beauftragt, jede Frage, die Sie anzuschneiden wünschen, mit der größten Offenheit zu besprechen, Mr. McInch. Mrs. Prothero und ich werden uns mittlerweile in den anschließenden Salon zurückziehen. Kommen Sie, Gracie.» Er bot ihr seinen Arm. «Der Blick auf das E-Werk von Battersea ist wirklich ganz bemerkenswert.»

Er ließ Teddy mit einem zwei Zentimeter hohen Stoß von Papieren zurück. Teddy starrte Mr. McInch über die Überreste der Nachspeise hinweg an.

«Ähäm», bemerkte Mr. McInch.

«Noch eine Tasse Kaffee?» fragte Teddy.

«Ich trrinke nie mehr als eine.» Er musterte Teddy mit einem Blick, der so stechend war wie ein Distelfeld. «Zum Geschäft, also», fuhr er fort und öffnete seine Aktentasche. «Wie viele dieser Pagoden beabsichtigen Sie zu errrichten?»

Teddy glotzte ihn an. Er hätte gern gesagt: Hören Sie, Mr. McInch, ich bin sicher, daß Sie ein recht anständiger Kerl sind und äußerst gewissenhaft nach alten Delikten, Erbgütern, Pfründenansprüchen und ähnlichem stöbern, und glauben Sie mir, daß ich direkt danach lechze, Ihnen bei Ihrer gegenwärtigen anstrengenden Aufgabe zu helfen. Aber unglücklicherweise habe ich nicht die leiseste Ahnung, worum es geht.

Aber er schwieg. Geschäftsleute haben ihre eigenen geheimnisvollen Praktiken, dachte er, besonders jene mit solch fortschrittlichen Ideen wie sein Onkel Horatio. Es mußte schon ziemlich viel auf dem Spiel stehen, daß sein Onkel ihn plötzlich zum Partner seiner kaufmännischen Abenteuer ernannte. Außerdem würde sein Onkel, nachdem er mit diesen Pagoden, oder worum es hier ging, erst ein Vermögen gescheffelt hatte, eher bereit sein, zugunsten von Brickwood & Vole und im selben Aufwaschen auch gleich für das neue Kabarett in die Tasche zu greifen. Er beschloß, sich jedem wie immer gearteten Vorschlag Onkel Horatios so innig anzuschließen wie die Gummierung auf der Rückseite einer Drei-Penny-Marke.

«Ich habe Sie etwas gefrragt», sagte Mr. McInch mit unheildrohender Stimme.

«Ich werde die betreffenden Unterlagen zu Rate ziehen», murmelte Teddy und blätterte hastig in den Papieren.

Er mußte zugeben, daß sie ihm keine große Hilfe bedeuteten. Das erste trug den Aufdruck «Harrys Konditionsbulletin» und erging sich über die Aussichten der Frühjahrswettkämpfe in Newmarket. Darunter lag eine Wäschereirechnung, die zur Hälfte in chinesischer Sprache abgefaßt war. Als nächstes folgte ein kurzes Schreiben irgendeines Anwalts in Hongkong, in dem es unverständlicherweise hieß: «Sehr geehrter Herr! Sie dürfen wirklich nicht erwarten, daß wir Ihnen vorhersagen, daß die von Ihnen erwähnten Schwierigkeiten anläßlich Ihrer Ankunft auf dem Londoner Flughafen nicht für Sie auftreten werden, wenn man die Umstände bedenkt, unter denen Sie England seinerzeit verlassen haben.» Der Rest war das Manuskript eines sechshundert Seiten starken amerikanischen Romans über das Liebesleben der Einwohner einer Tabakplantage in Tennessee, das Lord Brickwood sich als Lektüre vor dem Zubettgehen zurechtgelegt hatte. Teddy runzelte die Stirn.

«Nun?» fragte Mr. McInch ungeduldig.

«Meine Lippen sind versiegelt», verkündete Teddy und stapelte die Papiere aufeinander.

«Ich habe Sie nicht rrecht verstanden, Mr. Brrickwood.»

Teddy zuckte die Achseln. «Versiegelt», sagte er geheimnisvoll.

Mr. McInch stellte die Haare auf wie ein Terrier, der den Briefträger erblickt. «Vielleicht gestatten Sie, Mr. Brrickwood, daß ich Ihr Gedächtnis auffrische? Die Gesellschaft, in die meine Mandantin eine ansehnliche Geldsumme investieren soll, wurde von Seiner Larrdschaft zum Bau von Ferienpagoden für amerikanische Touristen in Hongkong gegründet. Rrichtig?»

«Natürlich», nickte Teddy.

«Also. Ich möchte gern wissen, wie viele Pagoden es werden sollen. Obwohl ich persönlich», fügte Mr. McInch hinzu, «mir etwas Besseres vorstellen könnte, als meinen Urlaub in einer Pagode zu verbrringen.»

«Ich glaube, ich will lieber die entsprechenden Unterlagen zu Rate ziehen», sagte Teddy hastig.

«Ich kann Ihnen diese kleine Mühe abnehmen, Mr. Brrickwood. Ich hege den Verdacht, daß diese Zahlen gar nicht existieren.»

«Tatsächlich?» fragte Teddy interessiert.

«Mr. Brrickwood, ich wäre Ihnen dankbar, wenn Sie offen mit mir rreden wollten.»

«Meine Lippen sind versiegelt», machte Teddy ihn aufmerksam.

«In diesem Fall bleibt mir keine andere Wahl, als unverrzüglich zur Polizei zu gehen.»

«Wohin, bitte?»

«Zur Polizei. Scotland Yarrd.»

«Na hören Sie!» rief Teddy verärgert aus. «Was fällt Ihnen denn ein! Wenn Sie die Frechheit haben, hierher zu kommen und sich am Tisch meines Onkels vollzustopfen und dann die Hände auf dem Bauch zu falten und anzudeuten, daß er nichts weiter ist als ein gemeiner –»

«Ich habe meine Verpflichtung als Rrechtsanwalt und als Staatsbürger.»

«Ich weiß nicht, ob Sie nicht eine Tracht Prügel verdienen.»

«Aye, Anklage wegen tätlichen Angriffes.»

«Jetzt hören Sie mir einmal zu, Mr. McInch. Es müßte wohl dem primitivsten Schwachkopf klar sein, daß mein Onkel ein Mann von äußerst –»

Er wurde dadurch unterbrochen, daß die Salontür geöffnet wurde.

«Teddy, mein Junge!» rief Lord Brickwood. «Du sollst der erste sein, der es erfährt. Ich habe eine prachtvolle Neuigkeit.»

«Ach ja?»

«Gracie und ich haben uns soeben verlobt.»

Er kam in das Speisezimmer und hielt Mrs. Prothero bei der Hand, als führe er sie nach dem Grand National-Rennen in die Siegerbox.

«Großer Gott!» murmelte Teddy. Sein Mund, der bereits geöffnet war, um eine weitere Drohung gegen Mr. McInch auszustoßen, klappte noch weiter auf.

«Ich bin die allerglücklichste Frau der Welt!» ließ Mrs. Prothero sich hören und faltete die Hände.

«Und ich», sagte Lord Brickwood, «ich bin der größte Glückspilz unter der Sonne. Hätte ich noch vor kurzer Zeit in Hongkong zu denken gewagt, daß Gracie der Zucker in meinem Kelch des Glückes werden würde?»

«Lieber Teddy!» rief Mrs. Prothero und kam auf ihn zu. «Du mußt mir jetzt einen ganz großen Kuß geben.»

«In der zukünftigen Lady Brickwood», sagte Onkel Horatio, «habe nicht nur ich eine Frau, sondern du, Teddy, hast auch ein Tantchen gefunden.»

«Ähäm», bemerkte Mr. McInch.

«Jetzt hören Sie endlich mit diesen abscheulichen Geräuschen auf», beklagte Lord Brickwood sich ungehalten.

«Mrs. Prrothero – ich muß Ihnen drringend etwas sagen.»

«Mein guter McInch», versetzte Onkel Horatio stirnrunzelnd, «selbst unter Ihrem granitenen Äußeren müssen sich doch irgendwelche Gefühle verbergen, oder? In einem solchen Augenblick ist die Einmengung eines Anwalts wohl wirklich nicht am Platze.»

«Mrs. Prrothero, ich muß darauf bestehen –»

«Nein, wirklich!» schalt sie ihn. «Sie sehen doch, daß ich im Moment andere Dinge im Kopf habe.»

«Eine Sache von grrößter Bedeutung –»

«Hol's der Teufel, McInch!» explodierte Lord Brickwood. «Wenn Sie so besorgt darum sind, ob Ihre lächerliche kleine Honorarnote bezahlt wird –»

«Ich lasse mich nicht länger beleidigen», krähte Mr. McInch und sprang auf. «Wenn Sie sich zu einer Närrin machen wollen, meine Gnädigste, kann ich nur mit rreinem Gewissen behaupten, daß Sie es gegen den ausdrücklichen Rrat Ihres Rrechtsanwalts tun.»

«Was erlauben Sie sich?» rief die rot anlaufende Mrs. Prothero.

«Verschwinden Sie, Sie verdammtes kleines, faules schottisches Ei!» fügte Lord Brickwood hinzu. «Ehe ich meinen Neffen bitte, Ihnen Ihren dreckigen Kragen umzudrehen.»

«Das wird nicht nötig sein. Ich bitte, mich zu entschuldigen.» Er ergriff seine Aktenmappe. Dabei warf er Mrs. Prothero einen tief gekränkten, erbarmungswürdigen Blick zu, wie eine Spinne, auf die jemand getreten ist. «Sie wissen ja, wo ich jederzeit zu finden bin.»

«Hinaus!» brüllte Lord Brickwood und hob den Fuß.

Die Tür knallte ins Schloß. Onkel Horatio beugte sich wieder schwungvoll über die Brillanten. «Meine Teuerste, was für eine abscheuliche Szene! So ein ungehobelter Mensch! Ich nehme an, er ist nicht verheiratet, wie? Hm. Das dachte ich mir. Natürlich ist er eifersüchtig.»

«Eifersüchtig, Horatio?»

Lord Brickwood nickte ernsthaft. «Du wärest überrascht, welche Illusionen sie sich über ihre reizvollen weiblichen Klienten machen, diese Kerle. Hat wohl erwartet, dabei außerdem nicht schlecht abzuschneiden, schätze ich. Ich bin ein Mann von Welt, mir kommt vieles unter. Es wäre auch besser, wenn jemand deine Konten einer kritischen Prüfung unterzöge. Ich habe nie ein verdächtigeres Defraudantengesicht gesehen. Deine Angelegenheiten werden in den Händen meiner eigenen Anwälte bedeutend besser aufgehoben sein», fuhr er fort und tätschelte die Brillanten. «Duff & Trimm, eine kleine Firma unten im Old Bailey. Sie haben mir in der Vergangenheit viele gute Dienste erwiesen. Alastair, noch eine Flasche Champagner!» befahl er. «Du mußt auf unsere Gesundheit anstoßen, Teddy. Für den Rest des Nachmittags fürchte ich allerdings, dich deinen eigenen Zerstreuungen überlassen zu müssen. Gracie und ich werden einen Sprung zu Asprey machen und den Ring aussuchen.»

11

Während Onkel Horatio alle Anstalten traf, auf dem Eaton Square ein großes Haus zu führen, fuhr George Churchyard mit Morag in seinem alten MG mit dem quadratischen Kühler längs des Hog Back über jene schnurgerade Straße mit einem der schönsten Blicke Südenglands, vorausgesetzt, daß dem Fahrer Zeit bleibt, die Sicht zu genießen und dennoch einem Verkehrsunfall zu entgehen.

«Ich weiß genau das richtige Gasthaus hinter Alton für einen kleinen Imbiß zu Mittag», sagte er und stellte mit einem kurzen Blick fest, wie hübsch ihr blondes Haar im Wind flatterte.

«Was sagten Sie, Herzchen?» fragte Morag, da er eben zwischen zwei aufeinander zukommenden Lastkraftwagen gewandt hindurchgeschlüpft war.

«Sie sind doch nicht etwa nervös?» lachte George.

«O nein, Herzchen. Ich bin überzeugt, Sie haben noch nie einen Fahrgast verloren.»

George trat auf den Gashebel, um eine lange Reihe von Radfahrern zu überholen, die ihren Clubausflug genossen. Er fand, daß alles sich äußerst vielversprechend anließ. Abgesehen von zwei Wochen voll strahlenden Sonnenscheins, Feinschmeckerverpflegung und aufmerksamer Bedienung durch beflissene Stewards, wie sie in den Ankündigungen versprochen wurden, konnten sich ihm die unwahrscheinlichsten Chancen eröffnen. Vielleicht befand sich ein mächtiger Impresario aus dem West End an Bord, um sich vom Addieren der allabendlichen Einnahmen zu erholen. Wenn er seinen Darbietungen jeden Abend beiwohnte, mußte der Bursche ihn nach zwei Wochen bestimmt auf den Knien darum anflehen, einen Vertrag mit ihm zu unterzeichnen. Und dann war da natürlich auch noch Morag.

Eine Wolke erschien am Horizont.

Es gibt einen Typ von Kleinwagen, der über unsere geliebten alten englischen Straßen zockelt und einer übellaunigen, angriffslustigen Blattlaus gleicht. Diese Vehikel erfreuen sich individueller zusätzlicher Verschönerungen wie Abziehbildchen, die das gesamte Heckfenster verdecken, um einem scheußliche englische Urlaubsorte an der See in Erinnerung zu rufen, oder ein kleines rotes Skelett, das fröhlich auf und ab schaukelt und einen angrinst, oder eine Katze mit glühenden Augen. Das charakteristischste Merkmal dieser Fahrzeuge jedoch ist es, daß sie bergauf und bergab mit einer Stundengeschwindigkeit von genau dreißig Meilen fahren, und zwar in der Straßenmitte. Diese Autos werden natürlich niemals von Ihnen oder mir gefahren. Sie gehören unweigerlich halbblinden, stocktauben Schwachsinnigen, die sämtliche Fenster geschlossen halten. Jener Fahrer, dem George Churchyard nun seine Gegenwart dadurch kundtat, daß er die Faust auf die Hupe gepreßt hielt, sah von hinten wie ein kauernder Affe mit einem steifen Hut aus, der sich gespannt über das Lenkrad neigte, als erwarte er jeden Augenblick, daß ihm die Vorderräder davonrollten.

«Verdammter Idiot!» murmelte George. Ein Stirnrunzeln huschte über sein Gesicht, das gewöhnlich jenen Ausdruck aufrichtiger Freundlichkeit trug, der den Burschen auf den Zigarettenreklamen eigen ist. «Hat vergessen, seine Autonummern zu montieren», fügte er hinzu. Dabei setzte er zum Überholen an, mußte den Versuch aber vor einem entgegenkommenden Jaguar aufgeben.

Unter anderen Fahrzeugen, die sich der unbegrenzten Freiheit auf unseren Überlandstraßen erfreuen, finden sich auch jene seltsamen landwirtschaftlichen Maschinen, die einige Meter breit sind und hinter Traktoren einherrumpeln, die von Bauern gefahren werden, die tief in ihre Ackerbauprobleme versunken sind. Eines dieser Ungeheuer schwenkte nun unerwartet aus einer Lücke in der längs der Straße verlaufenden Hecke und gab dem Blattlaus-Auto Gelegenheit, ein weiteres seiner Merkmale unter Beweis zu stellen. Diese Kleinwagen fahren entweder mit dreißig Meilen pro Stunde, oder sie machen überhaupt halt. Dieser Wagen blieb stehen, und George fuhr auf ihn auf.

«Was für Ausdrücke!» murmelte Morag vor sich hin und

brachte ihr Haar in Ordnung, während George zu dem Fenster des Blattlaus-Fahrers hinüberging. «Direkt klinisch!»

«Ihre kindischen Ergüsse interessieren mich nicht im geringsten», verkündete der Blattlaus-Fahrer, der zum erstenmal sprach, als er aus seinem Vehikel kletterte.

George geriet leicht aus dem Gleichgewicht, als er erkennen mußte, daß der Mann etwas größer war als sein Fahrzeug. Er hatte ein gerötetes Gesicht, scharfe blaue Augen und die dichtesten und stachlichsten Augenbrauen, die George jemals gesehen hatte. Diese Augenbrauen hoben sich nun langsam und erinnerten ihn an zwei Raupen, die an einer Ziegelmauer emporkriechen.

«Ihr völliger Mangel an Manieren ist zur Gänze Ihr eigenes Pech», fuhr der andere Fahrer fort. «Daß Sie sich aber nicht darum scheren, was sich vor Ihnen auf der Straße abspielt, ist das Pech aller anderen.»

«Sie haben einen meiner Scheinwerfer zertrümmert!» beschwerte George sich wütend. «Ich muß so rasch wie möglich nach Southampton, und Sie kriechen mit zehn Meilen pro Stunde daher –»

«Auch ich muß so rasch wie möglich nach Southampton, aber deshalb fahre ich nicht in einem Tempo, das dazu angetan ist, die Straße mit Leichen zu pflastern.»

«Sie blockieren die ganze Straßenbreite –»

«Ach? Sie möchten wohl, daß alle anderen im Rinnsal fahren?»

«Und Sie blieben ohne jede Vorwarnung plötzlich stehen.»

«Heiliges Kanonenrohr, Mensch!» rief der Stichelhaarige aus. «Was hätte ich denn Ihrer Meinung nach tun sollen? Ihnen etwa eine Ansichtskarte schreiben?»

«Wie, zum Teufel, soll ich denn auf diese kurze Entfernung den Wagen anhalten?» brüllte George.

«Indem Sie Ihre ausgeronnenen Bremsen nachstellen lassen, ganz einfach.»

Es ist eine traurige Folge unseres modernen Lebens, daß – außer der Ehe – nichts derart unsinnige Streitigkeiten zwischen ansonsten vernünftigen Erwachsenen heraufbeschwört wie das Autofahren. Nach einigen recht persönlichen Ansichten drohten beide Fahrer einander abschließend mit der Faust, warfen die Wagentüren zu und starteten den Motor.

«Dieser melonenbehütete Affe müßte als öffentliche Gefahr eingelocht werden», schimpfte George und bemühte sich, den Widersacher so weit wie möglich hinter sich zu lassen.

«Sicherlich schäumt er innerlich in den unaussprechlichsten Ausdrücken, Herzchen», sagte Morag verständnisinnig.

Das Gasthaus hinter Alton war eines jener alten, getäfelten Wirtshäuser, dessen Räume verschieden hoch liegen. Diese Art von Einkehrstätten sind im Laufe der Jahre harmonisch in die englische Landschaft hineingewachsen. Der Eintritt des Paares verursachte kein geringes Aufsehen. Morag trug nämlich jetzt ein gelbes Schlauchkleid aus Seide, das sie mit einer weißen Schnur gegürtet hatte, und goldene Sandalen.

«Wie wäre es nach der Anstrengung mit einem kleinen Imbiß?» fragte George, der rasch sein Bier hinuntergoß. «Ich bin am Verhungern.»

«Auch mir knurrt der Magen», sagte Morag.

Sie betraten den leeren kleinen Speisesaal mit dem Fliesenboden, setzten sich gemütlich und griffen nach der Speisenkarte. Die Tür ging auf, und herein kam der Blattlaus-Fahrer.

Die beiden Männer starrten einander wütend an. Es ist wirklich niederträchtig, einen Menschen, mit dem man auf der Straße Streit gehabt hat, beim Mittagessen wiederzutreffen. Aber ich nehme an, es gäbe kaum noch Unfälle, wenn sich das öfters zutrüge. Morag zog einen Spiegel aus ihrer Basttasche und begann ihr Gesicht einer sorgfältigen Prüfung zu unterziehen. Die Kellnerin mit der fleckigen Schürze und dem Stirnhöhlenkatarrh forderte sie auf, jetzt zu bestellen.

«Roastbeef», wählte George.

«Ja, ich bin ein richtiger Fleischtiger», schloß Morag sich ihm an.

«Roastbeef», knurrte der Blattlaus-Fahrer, der das Rindfleisch deutlich als schwachen Ersatz für den Kopf Georges auf einem Servierteller betrachtete.

Er schlug den *Daily Telegraph* auf und verschwand dahinter.

«Ich wollte, ich wäre besser über das Leben auf dem Meer beschlagen», bemerkte George und brach damit die Stille, die so zäh wie eine Karamelle im Raum gelastet hatte. «Bisher bin ich immer nur geflogen.»

«Aber, Herzchen, ich verstehe auch nicht mehr von Schiffen als vom Bergbau.»

«Wie haben Sie dann den Posten bekommen?»

«Anläßlich einer meiner Parties. Ich weiß es gar nicht so genau. Fabian weiß es wohl auch nicht.»

«Aber angenommen, Sie werden seekrank?» fragte George beunruhigt.

«Das werde ich todsicher, Herzchen. Ich kann nicht einmal an einem Gemälde, das das Meer darstellt, vorübergehen, ohne daß mir ganz schummrig wird.»

Der *Telegraph* raschelte. «Kellnerin! Wasser!»

«Glauben Sie, daß wir am Tisch des Kapitäns sitzen müssen?» fuhr George fort.

«Ach, das wäre bestimmt grauenhaft.»

«Ja, diese alten Seebären sind tödlich langweilig», nickte George. «Können über nichts anderes reden als über irgendeinen wahnsinnig uninteressanten Taifun, in den sie im Sargasso-Meer gerieten, oder ähnliches.»

Der *Telegraph* zuckte nieder. «Ich wäre Ihnen äußerst verbunden, Sir, wenn Sie freundlich davon Abstand nehmen wollten, beleidigende Bemerkungen über die englische Handelsmarine zu machen.»

«Und ich wäre Ihnen äußerst verbunden», versetzte George ungerührt, «wenn Sie freundlich davon Abstand nehmen wollten, sich in unser Gespräch einzumengen.»

«Ich stamme zufällig von einer sehr alten Seefahrerfamilie ab», erklärte der Mann, und seine Augenbrauen krümmten sich wie kämpfende Hermeline.

«Ach, mein Bester, wir kommen doch alle aus der Arche», murmelte Morag.

George lachte.

«Mein Großvater», bellte der Blattlaus-Fahrer, «ging bei Jütland unter. Mein Urgroßvater erlitt in seinem eigenen Teefrachter vor dem Kap Schiffbruch. Einer meiner entfernteren Verwandten, wie ich Ihnen nicht vorenthalten möchte, wurde von der spanischen Armada versenkt.»

«Lauter tapfere Seeleute, nichts zu sagen», erkannte George großmütig an.

«Wenn auch einigermaßen von Unfällen verfolgt», ergänzte Morag mit dunkler Stimme.

Zum Glück wurde ein weiteres Gespräch durch das Erscheinen der verschnupften Kellnerin mit dem Essen verhindert.

«Kellnerin!» rief der Rotgesichtige.

«Jaaa?»

«Nennen Sie das ein Roastbeef?»

«So steht's auf der Speisenkarte», erklärte sie schnüffelnd.

«Das gebe ich zu. Ich gebe sogar zu, daß das Fleisch, daß Sie mir vorgesetzt haben, ursprünglich vom Rind stammte. Ich sage nichts weiter, als daß es Ihnen gelungen ist, es bis zur Unkenntlichkeit zu entstellen.»

«Bei mir brauchen Sie sich nicht beschweren.» Sie schnupfte abermals laut. «Ich habe es ja nicht gekocht.»

«Darf ich Ihnen zu Ihrer Aufklärung verraten, daß Roastbeef rot, saftig und in der Mitte blutig zu sein hat? Dies hier ist grau, ausgetrocknet und schwimmt in einem Saft, der offenbar aus brauner Schuhpaste zubereitet wurde.»

«Bis jetzt hat sich noch keiner beschwert», entgegnete die Kellnerin und hielt damit den Fall für erledigt.

«Ich kann Leute nicht ausstehen, die in einem Restaurant Krach schlagen», sagte George ganz allgemein, aber dafür um so lauter in Morags Richtung.

«Wenn es mehr Leute gäbe, die den Mut hätten, den Mund aufzumachen, verdammt noch mal, würde den Gästen nicht ein solcher Fraß von einem Klüngel stinkfauler, profitgieriger Wirte vorgesetzt werden.»

«Wenn Sie doch nicht immer unsere Unterhaltung unterbrechen würden!» sagte George müde.

Der Mann erhob sich. «Ich verzichte auf dieses Essen.»

«Zahlen müssen Sie es aber trotzdem», sagte die Kellnerin.

«Sie können mir die Rechnung in die Bar bringen. Und richten Sie Ihrem Chef aus, daß ich gern bereit bin, gutes Geld für den Vorzug zu zahlen, nicht in seinem Lokal zu essen. Guten Tag.»

Die Tür schlug zu.

«Seien wir froh, daß wir den nie wiedersehen müssen», bemerkte George. «Noch ein bißchen Pudding?»

12

Die *Snowdonia* war eines dieser hypermodernen Schiffe, auf denen alles aus Plastik zu bestehen schien, selbst das Meer. Natürlich sah sie nicht im entferntesten wie ein Schiff aus. Die modernen Schiffe tun das ja alle längst nicht mehr. Es ist traurig, daß solch fröhliche Begleiterscheinungen der Schiffahrt wie die Schornsteine und Masten, der Teergeruch und das Pfeifen des Windes in der Takelung genauso unbarmherzig wie das Kielholen und das Ertränken unliebsamer Matrosen verbannt worden sind. Die *Snowdonia* war ein großes, weißes, schlankes Ding, nicht schön, aber elegant. Inmitten all der Kisten und Krane des Southampton-Docks erinnerte sie an jene mageren Modelle, die immer wieder vor alten Backsteinmauern und leeren Milchflaschen für die Modezeitschriften fotografiert werden.

Aber selbst wenn ein Schiff wie eine schwimmende Seifenschale aussieht, kann es nicht ohne Kapitän in See stechen.

Es ist sonderbar; in einer Welt, in der die Könige ihre Kronen en gros abgetreten, Generale ihre Schwerter und den Purpur fortgeworfen haben, Millionäre in fliegender Hast ihre Millionen für wohltätige Zwecke ausgeben und berühmte Ministerpräsidenten sich die Westen auf dem Fernsehschirm aufknöpfen, um zu beweisen, daß sie genauso schlichte Menschen sind wie Sie und ich, verblieb nur einer Figur unverändert absolute Befehlsgewalt: dem Schiffskapitän.

Diktatoren ducken sich bebend in kugelsichere Verstecke und denken über ihre Nachfolger nach, Aufsichtsräte fahren nachts schreiend aus ihren Träumen von Betriebsräten, Richter erbleichen bis an die Wurzeln ihrer Perücken vor lateinisch abgefaßten Angriffen ihrer vorgesetzten Instanzen, die Gefängnisdirektoren und selbst die Direktoren der öffentlichen englischen Schulen wagen es nicht, ihre Zöglinge so zu behandeln, wie sie es gern möchten. Aber einem Schiffskapitän zur See kann es nie widerfahren, daß man ihm den Gehorsam verweigert, daß man ihn hinauswirft oder daß man ihm an manchen Tagen auch nur bescheiden widerspricht. Er ist in einem Umkreis von Hunderten von Meilen der einzige Stellvertreter sowohl der Königin als auch Gottes.

Und Kapitän Alfred Kettlehorn sah wie dieser Stellvertreter aus.

«Steward!» Er stürmte in seine Tageskabine und hätte beinahe einen kleinen Mann, der das Betragen eines vom Pferd rutschenden Jockeys hatte, getroffen, als er seinen steifen Hut fortschleuderte. «Wer, zum Teufel, sind Sie?»

«Huffkins, Sir. Ihr neuer Steward.»

«Was ist aus dem Burschen geworden, der sich bei der letzten Fahrt um mich kümmerte?»

«Man erzählt sich in der Schiffsmesse, daß er in ein Heim eingeliefert wurde, Sir.»

«Hm. Wo ist meine Uniform?»

«Sie liegt in Ihrer Schlafkabine bereit, Sir.»

«Ich lasse den Stabsoffizier grüßen und möchte ihn sehen, sobald er sich frei machen kann. Was ist das? Ein zusätzliches Besatzungsmitglied?» Kapitän Kettlehorn blickte finster auf einen Brief auf seinem Schreibtisch. «Schicken Sie ihn in meine Kabine herauf, rasch.»

«Jawohl, Sir.»

Fünf Minuten später prangte Kapitän Kettlehorn in voller Montur. Es pochte an seine Tür.

«Herein!»

George Churchyard trat ein.

Der arme Teufel hatte eine verwirrende Stunde hinter sich.

«Hallo, Matrose!» hatte er den dicken Mann in den weiten Hosen auf der obersten Sprosse des Fallreeps begrüßt, nachdem Morag verschwunden war, um noch einige Besorgungen in letzter Minute zu tätigen. «Nadeln und ähnliches», hatte sie ungenau erklärt. «Ich weiß ganz sicher, ich werde verzweifelt nach Sicherheitsnadeln suchen.»

«Nun, Matrose, wohin soll ich gehen?» fragte George ihn.

Der Maat musterte George mißtrauisch, da er einen Blick für die Überbringer von Rechnungen, Vorladungen, Instandhaltungsaufträgen, Haftbefehlen und ähnlichen Unannehmlichkeiten für die Reederei hatte.

«Die Einschiffung der Gäste findet um sechs Uhr statt», erläuterte der Maat.

«Ich bin nicht eigentlich ein Passagier», erläuterte George. «Ich nehme an, Sie würden sagen, daß ich zur Mannschaft gehöre. Wer wird mich in meine Kabine führen? Deshalb brauchen Sie nicht so unhöflich zu sein», verwies er den Maat, als der es ihm sagte.

«Achtern unten», grunzte der Matrose und wackelte mit dem Daumen.

George ging das Deck hinunter. Wenn das der Empfang war, der einem auf den Schiffen der Fitzhammonds bereitet wurde, dachte er, würde er diesen Kerl der Reederei melden.

«Hallo, Sie!» Er winkte einem grauhaarigen Mann mit Goldtressen, der ihm entgegeneilte. «Führen Sie mich zu meiner Kabine, bitte.»

«Erste Klasse, Sir?» fragte der Proviantmeister und riß sich aus seinen schwierigen Verpflegungsberechnungen, die sich um gefüllte Oliven drehten.

«Natürlich.»

«Backbord oder Steuerbord, Sir?»

«Ich habe nicht die leiseste Ahnung.»

«Erinnern Sie sich vielleicht noch an Ihre Nummer auf dem Plan, Sir?» fragte der Proviantmeister und setzte sein berufsmäßiges Lächeln auf.

«Bisher hat sich noch niemand die Mühe genommen, sie mir zu verraten», erwiderte George, der bereits leicht ärgerlich wurde.

«Diese Schreibtischhengste!» Der Proviantmeister schüttelte den Kopf. «Ich bitte tausendmal um Vergebung, Sir. Ich versichere Ihnen, daß es sich nur um ein Versehen handelt. Würden Sie die Liebenswürdigkeit haben, in mein Büro hinunterzukommen, Sir, damit wir in der Passagierliste nachsehen können?»

«Das hätte auch keinen Zweck», antwortete George ihm kurz angebunden. «Weil ich kein Passagier bin. Ich bin Mr. Churchyard, der Alleinunterhalter für die Passagiere der ersten Klasse.»

«Alf!» Der Proviantmeister rief einen vorbeieilenden Matrosen zu sich. «Nehmen Sie diesen Armleuchter mit und zeigen Sie ihm, wo er seine Hängematte festmachen kann.»

Schließlich fand George sich in einer Kabine von den Ausmaßen eines viktorianischen Kleiderschranks, die mit der Aufschrift «Kapelle und Organist» versehen war, ein halbes Dutzend Kojen und kein Bullauge hatte und wie eine stark benutzte Badehütte am Meer an einem heißen Tag roch.

«Und ob ich mich beim Kapitän beschweren werde», murmelte er wütend vor sich hin.

Im gleichen Augenblick tauchte ein weißjackiger Steward auf, der ihm glücklicherweise die Einladung überbrachte, eben diesen Kapitän aufzusuchen.

Als er durch die Tür der Tageskabine unter der Kommandobrücke trat, konnte George sich nicht des Eindrucks erwehren, diesen Kapitän schon irgendwo getroffen zu haben. Er sah sich ihn genauer an.

«Himmel!» langsam breitete sich ein Lächeln über sein Gesicht. Das war aber wirklich dick aufgetragen. «Aber Sie sind doch der alte – Sie sind der Fahrer des Wagens.» Er lachte auf. «Ich hätte Sie in dieser Aufmachung kaum erkannt. Das ist eine Lehre für uns beide, was? Na, lassen wir die Vergangenheit lieber begraben sein, jetzt, da wir beide in dem gleichen –»

«Stehen Sie stramm, wenn Sie mit dem Kapitän sprechen», brüllte Kapitän Kettlehorn.

George lachte noch lauter. «Ja, jetzt erkenne ich wieder den Fahrer dieser komischen alten Blechkiste in Ihnen. Diese Bemerkungen, die ich während des Mittagessens machte, waren natürlich –»

«Heiliges Kanonenrohr, stehen Sie stramm!»

Etwas im Gesicht des Kapitäns, das ihn nun aus einer Entfernung von knapp zwei Zentimetern anstarrte und die Augenbrauen wie elektrisierte Igel knistern ließ, brachte Georges Lachen zum Gefrieren und Absterben. Er wechselte in jene Kompromißhaltung über, die von Theaterbesuchern geübt wird, während sie die Nationalhymne anhören.

«Name?» herrschte Kapitän Kettlehorn ihn an.

«Churchyard.»*

«Ich habe Sie nicht gefragt, wie Sie aussehen. Ich fragte Sie, wer, in drei Teufels Namen, Sie sind.»

«Aber ich heiße Churchyard.»

«Sir! Sie haben den Kapitän mit ‹Sir› anzureden!»

«Es ist zugegebenermaßen ein recht ungewöhnlicher Name – Sir –» fuhr George fort und überlegte krampfhaft, wie er dieses Gespräch in normalere Bahnen lenken könnte. «Ich glaube, daß

* Friedhof.

ich von Thomas Churchyard abstamme, dem Dichter und Soldaten, der im Jahre fünfzehn –»

«Ich habe nicht das geringste Interesse an den Einzelheiten Ihrer Zeugung, wie fesselnd die auch sein mag. Stehen Sie stramm!»

«Ja, selbstverständlich –»

«Sir!»

«Sir.»

Langsam zog Kapitän Kettlehorn sein Gesicht zurück. Er ließ sich schweigend in seinem Armstuhl nieder, zog eine Sherlock Holmes-Pfeife hervor und blies sie vernehmlich durch.

«Vielleicht würden Sie sich herbeilassen, mich wissen zu lassen», erkundigte er sich leise, wobei er seine Pfeife mit einem Tabak stopfte, der wie ein Weihnachtskuchen aussah, «worin Ihre Pflichten auf meinem Schiff bestehen?»

George fuhr sich mit der Zungenspitze über die Lippen. Er glaubte, seekrank zu sein. «Ich bin der Alleinunterhalter», erklärte er. «Sir.»

«Und was tun Sie? Singen? Laute spielen? Frauen entzweisägen? Eh?»

«Ich bringe heitere Geschichten vor», gab George etwas lahm zu.

«Erzählen Sie mir eine davon.»

«Was, jetzt?»

Der Kapitän nickte. «Sie sagten, Sie seien der Alleinunterhalter. Bitte sehr. Unterhalten Sie mich allein.»

«Aber dazu benötige ich Musik und Beleuchtung und –»

«Zufällig bin ich mit einer außergewöhnlich lebhaften Vorstellungsgabe gesegnet.»

George schluckte. Seine Kehle fühlte sich an wie mit Löschpapier ausgelegt. «Das ist die Geschichte eines Indianerhäuptlings», begann er nervös. «Er war ein sehr reicher und fortschrittlicher Häuptling, und er hatte drei Squaws. Der Häuptling selbst schlief in einem breiten Doppelbett», schleppte George sich hartnäckig weiter, obwohl er zugeben mußte, daß er schon besser vorgetragen hatte. «Die drei Frauen aber folgten der alten Stammessitte und schliefen auf Fellen auf dem Boden. Die erste Squaw schlief auf einem Löwenfell, die zweite –»

Ein Telefon läutete.

«Kapitän. Ja? Hem...» Es folgte eine fünfminütige Unterredung über den Kreiselkompaß. «Fahren Sie fort», befahl Kapitän Kettlehorn und legte auf.

«Vielleicht sollte ich lieber noch einmal von vorn beginnen, Sir?»

«Da sei der Himmel vor.»

«Die erste Squaw schlief auf einem Löwenfell», fuhr George verbissen fort, «die zweite Squaw schlief auf einem Zebrafell und die dritte auf einer Nilpferdhaut. Als die Zeit gekommen war, gebar die Squaw, die auf dem Löwenfell schlief, einen Sohn. Natürlich war der Häuptling entzückt, Vater eines tapferen –»

«Weiter, weiter, Mensch, machen Sie's kurz. Ich habe nicht den ganzen Abend Zeit.»

«Nein, natürlich nicht –»

«Sir!»

«Natürlich nicht, Sir. Bald darauf schenkte auch die Squaw, die auf dem Zebrafell schlief, einem Sohn das Leben. Und kurze Zeit später gebar die Frau, die auf der Nilpferdhaut schlief, Zwillingssöhne», endete George hastig. «Womit bewiesen ist, daß die Squaw auf der Nilpferdhaut der Summe der beiden Squaws auf den anderen Fellen entspricht.»

«Weiter.»

«Das – das ist alles, Sir.»

«Die Pointe, wenn ich so sagen darf, scheint mir so schwer auffindbar zu sein wie die bewußte Nadel in dem Heuschober.»

«Wenn Sie sich noch an den Pythagoreischen Lehrsatz erinnern können, Sir –» versuchte George ihm zu Hilfe zu kommen.

«Natürlich kann ich mich an den Pythagoreischen Lehrsatz erinnern. Wie, zum Teufel, glauben Sie denn, daß ich den Navigationskurs meines Schiffes bestimme? Jetzt hören Sie mir gut zu, Mr. Graveyard, Churchyard, oder wie immer Sie heißen.» Der Kapitän erhob sich. «Wenn die Reederei Sie dafür bezahlt, solchen Blödsinn zu quatschen, ist das ihre Angelegenheit. Ich kann nur sagen, daß ich darin eine Beleidigung für alle anderen erblicke, die an Bord dieses Schiffes ehrliche ganztägige Arbeit leisten. Für den Rest dieser Fahrt will ich keinen Ton mehr von Ihnen hören. Verstanden? Was mich betrifft, stehen Unterhalter auf einer Stufe mit Stewards. Sie werden Ihre Befehle vom Chefsteward entgegennehmen und dort dann unterhalten, wie er es Ihnen befiehlt. Und jetzt verschwinden Sie.»

«Ja, Sir», sagte George sichtlich erleichtert.

Er stolperte aus der Kabine und fiel dem Stabsoffizier in die Arme.

«Bei Gott, Harry», begrüßte Kapitän Kettlehorn seinen Schiffskameraden. «Ich weiß nicht, wohin das noch führen soll. Ich habe vierzig Jahre auf See verbracht und als pausbäckiger Neuling bei einer Verpflegung begonnen, die einem knickerigen Arbeitshaus zur Schande gereicht hätte. Dabei nahm mich ein Offizier in seine Obhut, von dem Jack the Ripper noch manches hätte lernen können. Durch harte Arbeit, Zielstrebigkeit und Hingabe stieg ich auf und brachte es in meinem Beruf zu etwas. Wozu? Um den Befehl auf etwas zu führen, das ungefähr soviel Ähnlichkeit mit einem Schiff hat wie eines dieser lächerlichen Boote im Liebestunnel auf dem Rummelplatz von Battersea.»

«Die Zeiten ändern sich, Alfred», murmelte der Stabsoffizier, der ein kleiner Mann mit sanften blauen Augen war. «Man muß den Leuten Appetit machen –»

«Passagiere sollten ein Schiff benutzen, weil sie an ein bestimmtes Ziel gelangen wollen», führte Kapitän Kettlehorn aus. «Nicht, um auf dem Ozean spazierenzufahren und sich vollzufressen und zu saufen und nebenher noch ein wenig Konversation zu machen. Alleinunterhalter!» schnaubte er. «Als ich mein erstes Kommando übernahm, gab es ein Schiffskonzert am Ende der Reise und meistens ließen sich unter den Gästen zwei Damen auftreiben, die Klavier spielen konnten und an den Samstagen sangen. Mehr verlangte niemand. Jetzt bevölkern sie das Schiff mit manierlosem Gesindel aus der Charing Cross Road, das ich früher nicht einmal als Backmatrose angeheuert hätte. Und ich wäre gar nicht überrascht, wenn der Kerl überdies noch bis an die Ohren mit Rauschgift vollgepumpt wäre.»

«Die Direktion –» murmelte der Stabsoffizier.

«Die Direktion ist verrückt», tat Kapitän Kettlehorn den Einwurf ab. «Und was diesen lächerlichen kleinen Fitzhammond betrifft, so nähme der sich bedeutend besser im Laden eines Damenfriseurs aus.» Er ließ sich in einen Stuhl fallen. «Irgendwelche Fragen?»

«Wir haben nun einen Passagier mehr an Bord, das ist alles, Alfred. Mr. Fitzhammonds junge Schwester. Die Direktion wünscht, daß du sie im Auge behältst. Soviel ich läuten hörte, ist sie ein wenig aus dem Gleichgewicht geraten. Sie hat eben erst eine schwere Gefühlskrise hinter sich.»

13

«Onkel», fragte Teddy Brickwood, «was hast du während des Krieges gemacht?»

«Während was? Wie bitte? Was für ein Krieg?» Lord Brickwood zuckte zusammen. «Aber mein lieber Junge!» Er brachte ein strahlendes Lächeln fertig und klemmte sich das Monokel wieder ins Auge. «Darüber solltest du dir nicht den Kopf zerbrechen. Der Krieg ist heute längst in die Geschichte eingegangen. Haben wir denn nicht nur vor langer Zeit allen unseren Feinden verziehen, sondern sogar begonnen, unseren Freunden zu vergeben?» Die Bronzeuhr auf dem Kamin im Salon schlug vier. «Wo bleibt nur Alastair mit dem Tee?» fragte er. «Sei ein guter Junge und mach dem Küchenpersonal ein wenig Beine.»

«Aber du hast den Leuten doch Ausgang gegeben», erinnerte Teddy ihn. «Selbst Dawn ist verschwunden.»

«Ganz recht, ganz recht. Ich dachte, dadurch würde unsere kleine Abendgesellschaft ungezwungener werden. Natürlich kommen nur ganz wenige Leute – Sir George Peach, der General, und ein oder zwei andere aus dem Club. Ich nehme an, wir können uns an einem kalten Imbiß, bestehend aus *pâté de foie gras* und Whisky, ausreichend laben. Vielleicht werden die Einsätze ein wenig hoch werden, und ich habe entdeckt, daß es jedem Gentleman lieber ist, beim Verlieren nicht von Dienstboten beobachtet zu werden. Du weißt doch sicher, wie man Fantan spielt?» erkundigte er sich und schüttete einen kleinen Stoß von Reiskörnern auf den vor ihm stehenden Tisch.

«Ich habe bloß in Romanen davon gelesen, Onkel, und da heißt es immer, daß es von unheimlich aussehenden Chinesen gespielt wird.»

«Ach, keine Spur! Obwohl sich genügend unheimlich aussehende Chinesen herumtreiben, da an jeder Straßenecke die chinesischen Restaurants aus dem Boden schießen. Chop-suey und Chips. Puh!» Er schüttelte sich. «Fantan ist ein Spiel, das großen Scharfsinn und Geschicklichkeit erfordert und das ich sehr liebe. Ich decke eine unbekannte Anzahl von Reiskörnern mit einer umgestülpten silbernen Zuckerdose zu», führte er vor. «Nachdem ich die Dose entfernt habe, schiebe ich nun die Körner zu jeweils vieren mit der Kante dieses elfenbeinernen Brieföffners weg. So...» Teddy sah aufmerksam zu, wie sich der Stoß verringerte. «Wie du rasch begriffen haben wirst, bleibt ein Rest von drei, zwei oder einem Reiskorn zurück, oder gar nichts. Man wettet im vorhinein, wie groß dieser Rest sein wird.»

«Ja?» fragte Teddy.

«Das ist das ganze Spiel», sagte sein Onkel ziemlich ungeduldig. «Es ist in den Nachtclubs von Macao ungemein beliebt. Ich habe die Absicht, es binnen kürzester Zeit in London zur großen Mode zu machen.»

Schweigen. Lord Brickwood hantierte mit dem Reis und seinem Brieföffner herum. In seinem Fauteuil sitzend, ließ Teddy seine Augen wieder zu dem Manuskript eines achthundert Seiten starken Romans über das Liebesleben von Leuten in einer Art Religionsgemeinde in Arizona zurückwandern. Er war bis zu einem interessanten, aber ziemlich verworrenen Abschnitt über eine der Damen und ihren Psychoanalytiker vorgedrungen, aber er starrte die beschriebene Seite an, ohne zu lesen. Ernste Fragen lasteten auf seinem Gemüt. Teddy war ein vertrauensseliger Mann, aber aus dem Nichts hatte sich eine kleine Wolke hervorgeschoben wie die Hand eines Polizisten.

In der Woche, die seit der Mitteilung über seine Verlobung mit Grace Prothero verstrichen war, hatte sich das Wesen Onkel Horatios verändert. Zwar war er ab und zu noch genauso großmütig und herzlich wie früher, aber er litt unter Niedergeschlagenheit und Launen und floh aus der überfüllten Wohnung, um Dawn in seinem Schlafzimmer zu diktieren. Teddy vermutete zwar, daß diese Wandlung nichts weiter sein mochte als die Akklimatisierung oder auch eine Verdauungsstörung, aber er war doch verwundert, daß ein Mann, der eben den Weg zur lebenslänglichen

Glückseligkeit eingeschlagen hatte, sich so verhielt. Er erinnerte sich, daß er zu Beginn seiner Bekanntschaft mit Abigail durch die Wohnung getorkelt war, wie ein Hochofen geseufzt und Oden an ihre Augenbrauen geschrieben hatte. Aber vermutlich benahm man sich in vorgeschrittenem Alter gefaßter. Vielleicht sehnte sich der alte Knabe nach Mrs. Prothero, überlegte er, da sie nun wieder nach Edinburgh abgereist war, um alle Vorbereitungen für die Hochzeit zu treffen. Onkel Horatio sparte nicht an kostspieligen Ferngesprächen mit ihr, obwohl es sonderbar war, fand Teddy, der an seine eigenen Ergüsse dachte, daß er nie Anstalten traf, ihr zu schreiben.

Die nächste Station von Teddys Überlegungen war Abigail. Nach jenem Essen mit McInch war er fest entschlossen gewesen, seinem Onkel reinen Wein einzuschenken, aber irgendwie hatte es stets an der richtigen Gelegenheit dazu gefehlt. Man weiß ja, wie das so geht. Man kann dem nächsten und liebsten Menschen das umfassendste Geständnis machen wollen, aber wenn das Leben heiter dahinfließt, hat man nicht das Herz, die gute Stimmung zu zerstören, und wenn böse Tage kommen, neigt man erst richtig nicht dazu, sie noch weiter zu verschlimmern. Und obendrein wollte er zuerst die Frage jener beträchtlichen Kapitalien anschneiden, die aus Hongkong eintreffen sollten. Erst vor zwei Tagen hatte er einen Aufsatz in der Morgenzeitung auf jener Seite entdeckt, die mit «Gucklochperspektiven» überschrieben und eine jener Klatschspalten war, die angeblich aus der Feder eines wahnwitzig scharfsinnigen und weltgewandten jungen Journalisten stammen, tatsächlich jedoch bei einigen Bierflaschen und Kartoffelpuffern um Mitternacht auf dem Schreibtisch eines Nachwuchsreporters zusammengestohlen werden. Dort stand schlicht und einfach: «Abigail Fitzhammond, die Anti-Wasserstoffbomben-Tochter des Schiffs- und Hotelmagnaten, macht Ferien. Wie ich höre, befindet sie sich zur Zeit auf dem ihrem Vater gehörenden Luxusdampfer *Snowdonia*, der vor der Küste Afrikas kreuzt. Die *Snowdonia* bietet ihren Passagieren jede Annehmlichkeit, einschließlich eines Kabaretts. George Churchyard, der Oxford-Student, der die Klingen mit dem Fernsehphilosophen Professor Needler kreuzte, wurde verpflichtet, gegen ein fürstliches Honorar Abigail und alle übrigen Schiffsgäste zu unterhalten.»

«Das also ist es!» hatte Teddy gemurmelt. «Genau wie ich es mir dachte.»

Er war für gewöhnlich ein friedfertiger junger Mann, der es vorzog, seine Lebensziele nicht dadurch zu erreichen, daß er durch Feuer und Wasser schritt, sondern sich an die bezeichneten Verkehrsumleitungen hielt. Als er die widerliche Zeitung zerknüllte und mit dem Fuß in einen Winkel beförderte, machte er sich die bittersten Vorhaltungen, daß er Abigails Wohnung nicht gestürmt, den Butler zertreten und sie, ungeachtet ihres Strampelns und Schreiens, in ein Leben voller Glückseligkeit geschleift hatte. Er hatte finster beschlossen, seinen alten Freund bei dessen Ankunft abzuschlachten, oder ihm doch zumindest unverblümt seine Meinung zu sagen. Teddy stieß jetzt in Erinnerung an diese bittere Neuigkeit einen tiefen Seufzer aus und versuchte, nicht weiter daran zu denken, sondern lieber zu den Dingen zurückzukehren, die jene religiöse Dame mit ihrem Psychoanalytiker vorhatte.

Ehe es ihm aber gelungen war, zwei weitere Zeilen zu lesen, fielen ihm die Telegramme ein. Sein Onkel war ausgegangen, als das erste Telegramm seines Vaters mit folgendem Wortlaut eintraf: «Erstaunt über Horatios gestriges Auftauchen London nichts unterschreiben stop Fliege sofort Nassau Bahamas Gast Scrutchings von Scrutchings Books Inc. Grüße Vater.» Teddy hatte intensivst nachgedacht und erwiderte: «c/o Scrutchings Nassau was nicht unterschreiben», worauf die Antwort eintraf: «Unterschreibe gar nichts.» Da er diesen Telegrammwechsel nicht nur kostspielig, sondern auch reichlich verwirrend fand, hatte er den Dingen bis zu jenem Nachmittag ihren Lauf gelassen, an dem Onkel Horatio und Mrs. Prothero einander ewige Treue geschworen hatten. Da war er ins Postamt von Knightsbridge geschlichen und hatte gekabelt: «Entzückt mitzuteilen Onkel Horatio hat sich heute verlobt stop Braut reizende Witwe sichtlich große Liebe Heirat baldigst stop Kommst Du nach Hause stop Soll ich Paar etwas ausrichten Teddy.» Er fand die Antwort am nächsten Morgen an der Türschwelle: «Großer Gott stop Ziehe zu Tante Maud Cheltenham stop Bleibe einige Monate hier Vater.»

Schwierig, überlegte Teddy, zu erkennen, was wirklich hinter dieser Nachricht steckte. Etwas Drohendes gewiß.

Und zu guter Letzt knisterte in seiner Brieftasche auch noch jener Zeitungsausschnitt. Als gewissenhafter Leser der «Gucklochperspektiven» hatte Teddy an jenem Morgen folgende Notiz entdeckt: «Ich kann meinen Lesern heute von der Verlobung Lord Brickwoods berichten. Er wird in Kürze Mrs. Grace Prothero heiraten, die reiche Witwe des Metallwarenfabrikanten. Ich habe mit Überraschung festgestellt, daß Lord Brickwood in aller Stille nach England zurückgekehrt ist. Zu Kriegsende war er der Mittelpunkt des Brickwood-Skandals, der die Abdankung einiger Beamten der neuen Regierung nötig machte. Lord Brickwood war ein prominenter *bon viveur* der dreißiger Jahre, hat viele West End-Revuen protegiert und war eng mit Elaine Norrimer und anderen bekannten Schauspielerinnen befreundet. Nach seiner Kassation hat er sich endgültig nach dem Fernen Osten abgesetzt.»

«Onkel», platzte Teddy plötzlich heraus und fegte das Manuskript beiseite. «Da stand etwas in der Morgenzeitung...»

«Ach, du hast es ausgeschnitten, nicht wahr? Ich dachte schon, es sei Alastair gewesen. Er schnüffelt ständig nach etwas, das ihm möglicherweise Geld eintragen könnte.»

«Aber Onkel Horatio!» rief Teddy. «Was bedeutet das alles? Ich habe natürlich ein- oder zweimal den Fall Brickwood im Familienkreis erwähnen hören, aber Vater sagte immer, er hätte etwas mit Geschwindigkeit zu tun.»

«Mein Junge –» Onkel Horatio erhob sich langsam vom Tisch und griff nach einer Zigarre. «Mein Junge, du bist nun ein erwachsener Mann», erklärte er feierlich. «Ja, du stehst an der Schwelle der Ehe und der Gründung einer eigenen Familie.» Er schnitt das Zigarrenende ab und begann langsam im Salon auf und ab zu gehen. «Die Zeit ist angebrochen, da du die nackte Wahrheit über deinen Onkel erfahren mußt.» Er zündete ein Streichholz an. «Ich bin einer der großen Märtyrer der Geschichte.»

«So?»

«Hauptmann Dreyfus, Admiral Byng, Kardinal Wolsey», zählte Lord Brickwood auf und sog an seiner Zigarre. «Wir alle sind die Opfer von Eifersucht und Intrigen an allerhöchsten Stellen.»

«Was du nicht sagst!» rief Teddy aus. «Das tut mir aber wahnsinnig leid.»

Lord Brickwood hob die Hand. «Ich bitte dich bloß, dir meine Geschichte anzuhören. Danach, mein Junge, möchte ich dich nur ersuchen, nach eigenem Ermessen zu urteilen. Wie du weißt, war ich nie einer jener Radau-Aristokraten», begann er. «Nie verspürte ich den Wunsch, meine Tage mit Jagen oder Fischen auf einem völlig unzugänglichen und wahrscheinlich höchst unbequemen Landsitz zu verbringen und von meinem Erbe zu leben. Diese Leute sind nichts als Parasiten. Kein Wunder, daß das Oberhaus einen so schlechten Ruf hat. Nein, Teddy, ich hatte schon immer eine demokratische Einstellung. Ich wollte mein Kapital einer nützlichen Verwendung zuführen, dem kleinen Mann Arbeitsplätze beschaffen, ihm die Vorteile von Technik und Kunst erschließen und unserem Land Dienste von bleibendem Wert erweisen.»

Teddy nickte begeistert.

«So tat ich den Kopfsprung in die schnöde Welt des Handels. Ich will dich nicht mit meinen Abenteuern vor deiner Geburt langweilen, mein Junge. Es gab ihrer viele an der Zahl und oft waren sie äußerst spannend. Dann brach der Krieg aus. Obwohl ich zu diesem Zeitpunkt in äußerst komplizierte Finanztransaktionen verwickelt war, erfüllte ich meine Pflicht. Ich reiste heimlich aus London ab, stellte mich der Artillerie Ihrer Majestät zur Verfügung und wollte mich so rasch wie möglich auf das Festland versetzen lassen.»

Onkel Horatio schnippte die Asche von seiner Zigarre.

«Ich war ein guter Soldat, hoffe ich», sagte er bescheiden. «Vor keinem Befehl schreckte ich zurück. Ich wurde rasch befördert und schließlich mit einem Offizierspatent ausgezeichnet.» Er straffte die Schultern. «Ich darf behaupten, meinem Regiment treu und tapfer gedient zu haben. Nein, Teddy, du brauchst dich für die Haltung deines Onkels während des langen und blutigen Kampfes, der nun glücklicherweise in die Annalen der Geschichte eingegangen ist, nicht zu schämen.»

«Warst du in Afrika?» fragte Teddy atemlos. «El Alamein und dort überall?»

«Nun, eigentlich verbrachte ich den Großteil des Krieges in Willesden», enthüllte Lord Brickwood und betrachtete angeregt das Ende seiner Zigarre. «Wie du wohl weißt, ist die moderne

Kriegführung eine verzwickte Angelegenheit, die unparteiisch nach Talenten aller Art verlangt. Der Offizier, der den Nachschub über hat – denn das war meine Aufgabe –, ist genauso wichtig wie der Batteriekommandant im Feld.»

«Oh, natürlich», nickte Teddy wohlerzogen.

«Willesden war ein glücklicher Standort», erinnerte sich Lord Brickwood. «Erlaubte es mir doch, meine Geschäftsverbindungen in London wiederaufzugreifen. In jenen Tagen hatte der Handel etwas Geisterhaftes an sich, Teddy. Bei der Knappheit an konkreten Waren befaßte man sich nur mit so abstrakten Artikeln wie Kleiderkarten und Schweinegutscheinen. Aber für mich war es eine wertvolle Lehrzeit. Der Kriegsdienst ließ mein Urteil heranreifen. Ich stieß auf das grundlegende Wirtschaftsprinzip, daß die Regierungen zu Kriegsbeginn bestrebt sind, so schnell wie möglich Altmetall aufzukaufen, um daraus Kanonen und Panzer zu gießen, die sie zu Kriegsende genauso schnell wieder als Altmetall loswerden möchten. Daher leistete ich meinem Land einen Dienst, als ich meine Verbindungen zu einflußreichen Stellen spielen lassen konnte, um verschiedene Haubitzen und anderes Kriegsmaterial zu verkaufen, nachdem unsere Streitmacht den Sieg errungen hatte. Die Bedingungen dieses Verkaufs waren, wie ich betonen möchte, für die Regierung ungemein günstig. Ich selbst behielt davon nicht mehr als eine bescheidene Provision für meine Bemühungen und das eine oder andere Geschenk zurück, das zu geben ich für richtig empfand. Ich betrachtete mein Vorgehen damals – genau wie heute – als patriotische Tat.»

«Aber was hat dann den vielen Staub aufgewirbelt?» fragte Teddy verständnislos.

«Ach, das war eine rein technische Frage. Ich hatte zu diesem Zeitpunkt noch nicht abgerüstet, und angeblich standen die Kanonen noch bei dem einen oder anderen Regiment in Verwendung. Es war pure Eifersucht, die mich vor das Kriegsgericht brachte. Damals hat doch die ganze Armee gestohlen. Als ich aus der Haft entlassen wurde – man hatte eine unbedeutende Strafe von – wie ich glaube, achtzehn Monaten über mich verhängt, die mir jedoch teilweise erlassen wurde –, brach ich unverzagt auf, um im grenzenlosen Reichtum des Orients ein neues Vermögen zu machen.»

Die Türglocke läutete.

«Bitte, mach auf, mein Junge», sagte Lord Brickwood müde. «Nach all diesen Enthüllungen bin ich so erschöpft, daß ich mich ein wenig hinlegen muß.»

In Teddys Kopf schwirrte es wie in einem umgestülpten Bienenstock. In dieser Verfassung öffnete er die Wohnungstür und sah sich einem grimmigen Mann mit einem steifen Filzhut gegenüber.

«Lord Brickwood?» fragte er.

«Er – er fühlt sich nicht wohl», erwiderte Teddy.

«Was Sie nicht sagen! Ich komme von Trushington, dem Weinhändler in der St. James Street. Ich wäre sehr verbunden, wenn Seine Lordschaft unverzüglich das Konto glattstellen würde.»

«Konto?» Teddy runzelte die Stirn. «Aber Sie schicken doch sicher die Abrechnung einfach zum Monatsende ein?»

«Stimmt. Aber im Falle Seiner Lordschaft haben wir nicht die Absicht, den Kredit zu verlängern. Wir gaben unserem Boten den Auftrag zu kassieren, aber es scheint, daß Seine Lordschaft ihn mit einer Geschichte von einem Neffen herumgekriegt hat, der für die Verpflichtungen aufkommen wird.»

«Was?» Teddy zuckte zusammen. Er bemerkte im Hintergrund einen dicken Mann mit einem mächtigen Schnurrbart. «Und was wünschen Sie?» fragte er kurz angebunden.

«Das gleiche wie mein Freund hier», nickte der Dicke. «Ich komme von Sally Sims, dem Blumenladen. Unsere Chefin kannte Lord Brickwood schon, als sie noch beim Militärhilfsdienst war.»

«Scheren Sie sich doch beide fort!» Noch ganz von den Enthüllungen seines Onkels befangen, riß Teddy die Geduld. «In meiner Familie ist man es nicht gewöhnt, daß sich die Gläubiger an der Eingangstür drängen.»

«Soso», sagte der grimmige Vogel ungerührt. «Nun, ich fürchte, dann werden Sie sich genau wie so viele andere Leute der guten Gesellschaft eben daran gewöhnen müssen.»

«Wenn Sie jetzt nicht augenblicklich verschwinden, habe ich Lust, Sie vom Hausdiener hinauswerfen zu lassen.»

«Hören Sie, mein Bester –» begann Sally Sims' Angestellter.

«Hinaus!» befahl Teddy und versuchte die Tür zu schließen.

Es entspann sich ein Streit, der durch Lord Brickwood unterbrochen wurde, der aus dem Schlafzimmer herbeigekommen war.

«Aber meine Herren, meine Herren!» rief er aus. «Was geht denn hier vor? Werben Sie für eine politische Partei? Ich versichere Ihnen, daß ich mein ganzes Leben lang ein Liberaler war. Ach, diese lächerlichen Rechnungen», bemerkte er, als man ihm die Zusammenhänge erklärte. «Ich muß mich entschuldigen, daß sie meiner Aufmerksamkeit entgangen sind, aber ich bin im Augenblick durch die Vorbereitungen zu meiner Hochzeit mit Mrs. Prothero, der Witwe der Prothero-Eisengießereien, etwas abgelenkt, müssen Sie wissen. Teddy, zeig den Herren doch die Zeitungsnotiz – nein, bloß die obere Hälfte ist interessant. Natürlich werde ich meinen Verpflichtungen gleich nachkommen, sobald Miss Turnpenny, meine Sekretärin, morgen früh zu mir kommt. Es tut mir leid, daß Sie sich der Mühe dieses Besuchs unterziehen mußten.»

Dies schien die Lieferanten zu besänftigen, die sich bald darauf trollten, nicht allerdings ohne ein gewisses Brummen verlauten zu lassen, dem das Wort «Klage» zu entnehmen war.

Teddy schloß die Tür und begann unverzüglich: «Onkel, nach dem, was einer dieser Männer über mich und seine Rechnung gesagt hat, glaube ich wirklich, daß ich –»

«Bitte, Teddy», unterbrach Lord Brickwood, zündete sich seine Zigarre wieder an und warf geistesabwesend die Rechnungen in den Papierkorb. «Ein Gentleman hackt nicht auf unliebsamen Zwischenfällen herum. Denk nicht länger an diese beiden Ladenschwengel. Wir haben erfreulichere Aufgaben vor uns.»

«Aber Onkel!» Teddy hieb mit der Faust auf den Tisch. «Ich muß dir endlich klarmachen –»

«Mein lieber Junge, jetzt wirst du lästig.»

«Ich hätte es dir schon vor Tagen sagen sollen, Onkel, daß ich Abigail doch gar nicht –»

«Sieh nach, wer es jetzt wieder ist», fiel Lord Brickwood ihm ärgerlich ins Wort, als es abermals läutete. «Wenn es noch eine Rechnung ist, sag, daß ich wieder nach Hongkong zurückgereist bin.»

Teddy öffnete die Tür vor einer großen Frau, auf deren Hut

einige Früchte schwankten. Neben ihr stand ein kleiner Mann in einem haselnußbraunen Regenmantel.

«Ja?» herrschte er die beiden an.

«Wo ist er?» begann die Frau.

«Wer, in Kuckucks Namen, sind denn Sie?»

«Mr. und Mrs. Turnpenny», erwiderte die Frau. «Aus Petts Wood.»

«Ganz richtig», sagte der Mann.

«Ich will diesen Lord Brickwood sprechen. Persönlich.»

«Ich fürchte, das wird Ihnen kaum –»

«Wegen Dawn, unserer Tochter.»

«Ganz richtig», sagte der Mann.

«Der ihr unanständige Anträge gemacht hat», fuhr die Frau fort, und das Obst auf ihrem Hut begann bedenklich zu wackeln.

«Ich weiß überhaupt nicht, wovon Sie reden.»

«Und Gehalt hat er ihr auch keines bezahlt.»

«Ganz richtig», bekräftigte der Mann.

Wieder flammte ein Streit auf. Stimmen wurden laut und die Nachbarn der angrenzenden Wohnungen öffneten die Türen.

«Aber, aber, aber», sagte Lord Brickwood, der wieder aufgetaucht war, als Teddy verzweifelt darum kämpfte, die Tür zuzudrücken. «Was für ein schrecklicher Lärm! Mit wem habe ich das Vergnügen, meine Gnädige? Was für ein entzückendes Hütchen!»

«Mrs. Turnpenny, falls es ein Vergnügen ist.»

«Ganz richtig», nickte der Mann.

«Turnpenny... Turnpenny...» Lord Brickwood versank in tiefes Nachdenken.

«Dawns Mutter.»

«Dawn? Oh, Dawn! Meine ausgezeichnete und überaus tüchtige Sekretärin. Aber sie ist leider nicht hier. Ich gab ihr heute nachmittag frei.»

«Sie ist wohlauf und zu Hause, und dafür wollen wir Gott danken», keifte Mrs. Turnpenny und schwenkte kriegerisch das Kunstobst. «Die hat mir vielleicht Geschichten erzählt!»

«Ganz richtig», bezeugte der Mann.

«Geschichten?» fragte Lord Brickwood erstaunt.

«Unanständige Anträge», donnerte die besorgte Mutter genießerisch.

Lord Brickwood sah sie ehrlich erschüttert an.

«Und obendrein kein Gehalt.»

«Ganz richtig», sagte der Mann.

«Teddy», sagte Lord Brickwood tadelnd zu seinem Neffen. «Was bist du doch für ein böser Junge.»

«Wie bitte?» Teddy schnellte herum.

Lord Brickwood lachte. «Ich fürchte, Mrs. Turnpenny, daß Ihre Tochter in ihrer Aufregung die Wahrheit ein wenig verdreht hat. Ich habe bemerkt, daß Ihre Tochter – und sie ist ein ganz bezauberndes Mädchen, ganz die Mama – meinen jungen Neffen völlig um den Verstand gebracht hat. Ich habe da das eine oder andere Wort aufgeschnappt, Teddy», verriet er schelmisch. «Wie? Ich versichere Ihnen, Mrs. Turnpenny, daß dieser junge Mann das Untadeligste ist, was Sie sich vorstellen können. Ich lege für seine absolut ehrenhaften Absichten meine Hand ins Feuer. Alles, das nur im entferntesten als unanständig aufgefaßt werden könnte, wurde einfach durch die verliebte Stimmung mißverstanden. Wie Sie sehen, bin ich selbst nicht mehr der Jüngste. Und außerdem werde ich bald heiraten, Mrs. Prothero, die Erbin der Prothero-Eisengießereien –»

«Damit laß ich mich nicht abspeisen», protestierte die Frau.

«Ganz richtig», unterstützte der Mann sie energisch.

«Ich glaube, Teddy, wir sollten uns lieber einmal ungestört unterhalten», fuhr Lord Brickwood fort und drohte ihm mit dem Finger. «Aber die Jugend, Mrs. Turnpenny, die Jugend! Das heiße Feuer –»

«Dawn sagt, Sie haben sie nach Brighton eingeladen», beklagte sich die rächende Mutter.

Onkel Horatio war nun wirklich entrüstet. «Brighton, und das zu Ostern? Wo es so überfüllt ist? Undenkbar!»

«Hören Sie, Lord Brickwood –»

«Mein junger Neffe und ich müssen jetzt unter vier Augen sprechen», erklärte Onkel Horatio entschlossen, zog Teddy geschickt in die Wohnung und schlug die Tür zu. «Die Feuerleiter?» zischte er.

Die Turnpennys polterten wild gegen die Tür, und dazwischen vernahm man Rufe wie «Ich gehe zu unserem Rechtsanwalt!» und «Ganz richtig!»

«Durch die Küche», keuchte Teddy.

«Verschwinden wir zu einem belebenden Whisky-Soda in die stillen Gemächer meines Clubs. Es ist auf jeden Fall besser, die Hintertür zu wählen, habe ich den Eindruck. Zufällig habe ich vom Fenster aus den Mann von der Rolls-Royce-Vertretung gesehen, der in ein Gespräch mit unserem Chauffeur verwickelt war.»

14

Im *Trafalgar Club* herrschte an dem warmen Maiennachmittag eine gruftähnliche Stille. Lord Brickwood ließ sich in einen der überdimensionalen Fauteuils sinken und sagte: «Wie entsetzlich ermüdend heute doch alle Menschen sind! Teddy, sei ein guter Junge und läute nach dem Kellner.»

«Onkel», begann Teddy, der dem Wunsch seines Onkels zwar nachkam, sich aber doch ziemlich beleidigt fühlte, «ich denke, du schuldest mir eine Erklärung.»

«Eine Erklärung, mein Guter? Aber worüber denn?»

«Über das Märchen, das du der Frau mit dem komischen Hut aufgetischt hast.»

«Teddy, du kannst doch wirklich nicht von mir erwarten, daß ich mich in Einzelheiten ergehe, ehe ich etwas getrunken habe. Ich kann dir aber schon jetzt versichern, daß meine Motive die allerbesten waren. Whisky und Soda», bestellte er bei dem rheumatischen Kellner. «Ach Gott, ich muß meine Brieftasche vergessen haben. Hast du etwas Kleingeld bei dir, Teddy? Vielleicht könntest du mir auch gleich drei oder vier von jenen Fünf-Pfund-Noten leihen», setzte er hinzu, als Teddy den Rest jener fünfzig Pfund hervorzog, die ihm sein Vater als Spesengeld hinterlassen hatte. «Vielen Dank, mein Lieber. Erinnere mich daran, ja?»

Lord Brickwood lehnte sich zurück. Er schien jeder Unterhaltung abgeneigt zu sein. Teddy griff nach dem Magazin *The Field* und las es gewissenhaft vom Anfang bis zum Ende durch. Er zerbrach sich den Kopf, wie er seinem Onkel begreiflich machen sollte, daß er es für reichlich schäbig hielt, ihn in aller Öffentlichkeit zu beschuldigen, einem Mädchen nachgestellt zu haben, das er nicht einmal mit dem Ende eines sterilisierten Bootshakens angerührt hätte, als Onkel Horatio unvermittelt sein Glas leerte, sich erhob und ihm mitteilte, daß er einige wichtige Briefe zu schreiben hätte. Damit begab er sich an den Schreibtisch in der Ecke und nahm dort Platz.

Der *Trafalgar Club* setzte seinen Stolz darein, seine Mitglieder mit allem zu versorgen, was sie für ihre Korrespondenz brauchen mochten. Es gab sechs verschiedene Formate und Farben von Clubbriefpapier, Briefkarten, Postkarten, Luftpostpapier, Telegrammformulare und schwarzgeränderte Blätter für den Eventualfall. In einer Rinne lag ein halbes Dutzend Federhalter bereit, falls jemand seinen Füller vergessen hatte. Hinter dem in vier Farbschattierungen gehaltenen Löschpapier stand ein glitzerndes Tintenfaß, das von Büroklammern, kleinen grünen Schildchen, scharfen Lochapparaten, Federwischern, Radiergummis, Reißnägeln, winzigen Schwämmchen, Siegelwachs, Bleistiftspitzern, einer Galerie von Papiermessern und einigen recht ansehnlichen Linealen umgeben war.

Keines dieser Hilfsmittel schien Lord Brickwood zu inspirieren. Er saß einfach da und malte kleine Männchen auf das Löschpapier. Er schrieb ein paar Worte, dann warf er das Geschriebene in einen der Papierkörbe. Er griff nach einem Gummiband und vergnügte sich daran mit einem Abnehmespiel, hob ein Papiermesser auf und trommelte damit gegen seine Zähne. Teddy studierte inzwischen die Magazine *Sphere, Country Life* und die *Illustrated News*, und nachdem er vergeblich versucht hatte, sich in *The Statesman's Yearbook* zu vertiefen, stand er auf und starrte müßig aus dem Fenster.

Die Verkehrswoge der Ladenschlußstunde begann durch Pall Mall zu ebben, und Teddy beobachtete die Vorübereilenden, während sich seine Gedanken schwerfällig um die undurchsichtige Geschichte seines Onkels Horatio drehten. Selbst in unserem aufgeklärten Zeitalter versetzt es einem jungen Mann keinen geringen Schock, wenn er entdecken muß, daß ein naher Verwandter gesessen hat. Sein Onkel, so überlegte Teddy, war jedoch zweifellos das Opfer jener politischen Schurkereien geworden, die sie so scharf in der *Schlachtbank* zu geißeln pflegten. Und schließlich mußten sich die Neffen John Hampdens, des Grafen von Monte Christo und aller sieben Bischöfe im Tower in der gleichen Lage befunden haben. Es war längst Gras über die Geschichte gewachsen, entschied er, und nun, da sich sein Onkel wie ein Phönix aus der Asche erhoben hatte, konnte es sich die Familie kaum leisten, nicht beide Augen zuzudrücken und sich nicht von jenem ansehnlichen Vermögen, das vom Orient zur Potts Bank unterwegs war, wieder auf die Beine helfen zu lassen.

Teddy bemerkte plötzlich, daß eine der Fußgängerinnen auffallend oft vorüberging. Sie war eine stark zurechtgemachte schlanke Frau mittleren Alters, die einen Schlapphut und ein unbestimmbares haariges Tier trug, das sich um ihren Hals gelegt zu haben schien, ehe es an der Räude zugrunde gegangen war. Nach wenigen Schritten blieb sie jeweils stehen und starrte angestrengt auf die Clubfenster, ehe sie ihre Wache vor der Eingangstür wiederaufnahm. Merkwürdig, dachte Teddy, und drückte sich hinter die staubigen Samtvorhänge. Vielleicht vertrieb sie sich die Zeit, während sie auf ihren Mann oder auf den Bus wartete. Oder aber, fiel ihm ein, hoffte sie, mit einem der Clubmitglieder Bekanntschaft schließen zu können. Seine Überlegungen wurden durch Onkel Horatio unterbrochen, der ein weiteres Blatt Papier in den Abfallkorb warf und sagte: «Sei ein guter Junge, Teddy, und bestelle mir noch einen Whisky. Die Sonne ist bestimmt schon längst untergegangen.»

«Ja, natürlich, Onkel.» Teddy hielt nach dem rheumatischen Kellner Ausschau.

«Klingle, mein Junge. Dann wird sicher ein dienstbarer Geist erscheinen.»

Auf das Läuten trat ein lebhafter Mann im dunklen Anzug ein. Er hatte einen drahtigen Schnurrbart und sorgfältig gescheiteltes Haar.

«Guten Abend», begrüßte Onkel Horatio ihn freundlich und klemmte das Monokel ins Auge. «Was macht das alte Leiden?»

«Lord Brickwood?» fragte der energische Mann.

Lord Brickwood neigte den Kopf. «Und mit wem habe ich die Ehre?»

«Ich bin der Clubsekretär.»

«Mein lieber Freund, ich bin entzückt, Ihre Bekanntschaft zu machen. Allerdings fürchte ich, daß ich Ihnen die eine oder andere

Unzulänglichkeit zur Kenntnis bringen muß. Der Fisch, den ich vorigen Montag zu Mittag bestellte, war einfach –»

«Darf ich fragen, wann Sie eigentlich in den Club gewählt wurden, Lord Brickwood?»

«Gewählt?» Lord Brickwood spielte mit der Schnur seines Monokels. «Wissen Sie, das läßt sich heute gar nicht mehr so leicht sagen. Vielleicht neunzehnhundertvierunddreißig? Oder war es fünfunddreißig? Sechsunddreißig? Es waren damals ja so hektische und unruhige Tage, das wissen Sie doch.»

«Lord Brickwood.» Der forsche Mann verschränkte die Hände auf dem Rücken. «Vielleicht können Sie sich entsinnen, wer Ihre Aufnahme vorgeschlagen hat?»

«Aber Sie können doch wirklich nicht verlangen, daß ich mich nach so vielen Jahren daran noch erinnere», erwiderte er ein wenig reserviert und zog sein Zigarrenetui hervor. «Vielleicht ist Ihnen bekannt, daß ich mehrere Jahre im Ausland verbracht habe? Ich bilde mir ein, von Lord Keynes oder Stanley Baldwin oder jemand ähnlichem empfohlen worden zu sein.»

«Meiner Ansicht nach, Lord Brickwood, sind Sie überhaupt nie aufgenommen worden.»

«Was erfrechen Sie sich!» rief Onkel Horatio. In seiner Empörung glitt ihm das Monokel aus dem Auge. «Noch nie hat mich jemand so –»

«Die Listen enthalten keinerlei Hinweis, Lord Brickwood.»

«Sie wissen ganz genau, daß die Listen den Bomben zum Opfer gefallen sind, Sie unverschämter Verleumder!»

«Sehr richtig, Lord Brickwood. Deshalb hat es ja auch einige Zeit gedauert, bis ich die Duplikate von der Bank erhalten habe.»

«Nehmen Sie zur Kenntnis, Herr Sekretär, daß ich mich unverzüglich zu meinem Anwalt begeben werde, um gegen Sie eine Klage wegen –»

«Kaum wurde Ihre Anwesenheit im Club bekannt, Lord Brickwood», fuhr der Sekretär ungerührt fort, «erbebte das gesamte Komitee in ungläubigem Entsetzen. Ich erhielt den Auftrag, sofort Ihre Beglaubigungsschreiben zu überprüfen und Sie dann –»

«Ihr verdammtes Komitee wird mir für diese ungeheuerliche –»

«Und Sie dann hinauswerfen», schloß der Sekretär schlicht.

«Sie sind nicht recht bei Trost! Komplett verrückt!»

«Hinaus!»

«Verrückt!»

«Und zwar sofort, bitte, weil ich sonst die Hilfe der Küchendiener anfordern müßte.»

Lord Brickwood erhob sich. «Ich lehne es ab, auch nur eine Minute länger hierzubleiben. Ich hätte es schon früher entdecken sollen, daß dies hier bloß eine Kneipe ist, die sich für eine große Schar von Nichtstuern, die sich als Gentlemen verkleidet haben, als Club ausgibt. Komm, Teddy! Wo sind mein Hut und mein Stock?»

«Aber Onkel!» rief Teddy aufgeregt auf dem Weg zur Ausgangstür. «Du wirst ihn doch nicht ungestraft solche Töne anschlagen lassen?»

«Ungestraft? Natürlich wird er nicht ungestraft davonkommen. Duff & Trimm werden das schon besorgen, verlaß dich darauf! Warte bloß, bis der Skandal in die Presse kommt. Da werden einige Leute ihren guten Ruf verlieren, laß dir das gesagt sein.»

«Du gehörst natürlich dem Club an?» fragte Teddy ungläubig.

«Aber selbstverständlich. Obwohl ich die Möglichkeit eines unbeabsichtigten Irrtums nicht gänzlich ausschließen möchte», bemerkte Onkel Horatio erhaben, als sie bei den Stiegen ankamen. «Will sagen, ich bin vermutlich Mitglied eines anderen Clubs. Sie sehen einander so verzweifelt ähnlich», unterstrich er mit seinem Stock. «Vielleicht könnten wir morgen einen Blick in diesen ganz besonders scheußlichen Club gegenüber werfen», erwähnte er nach kurzer Überlegung, «und nachfragen. Aaaah!» stieß er aus und ließ sofort seinen Stock und sein Monokel fallen.

«Horatio», sagte die Frau mit dem räudigen Tier.

«Elaine», krächzte Horatio.

«Und jetzt?» fragte Elaine und kam näher.

«Taxi!» rief Lord Brickwood und packte seinen Stock.

«Nicht so eilig, Horatio. Du erinnerst dich doch sicherlich noch an Ascot?»

«Ascot? Ascot? Teddy, verschaff uns ein Taxi! Welches Ascot? Was für ein Ascot?»

«Und an all die Versprechungen, die du mir machtest?»

«Meine liebe gute Frau, ich habe Sie noch nie im Leben gesehen. Wollt sagen, Herrgott, Elaine», beschwor er sie, «mach doch keine Szene. Nicht hier. Nicht direkt vor meinem Club, verdammt noch mal.»

«Erinnerst du dich deiner letzten Worte, Horatio?» fuhr Elaine lächelnd, aber beharrlich fort.

«Letzte Worte? Ich kann mich an keinerlei Worte erinnern.»

«O Schmerz, mein Bild ist in deiner Erinnerung verblaßt», seufzte sie. «Aber das tut nichts. Ich habe einen ganzen Stoß von Briefen», tröstete sie ihn und klopfte liebevoll auf ihre Handtasche.

«Meine liebe Elaine! Ich muß dich wirklich bitten, jede Art von Klage meinen Anwälten vorzulegen.»

«Deine Anwälte», sagte sie sinnend. «Duff & Trimm. Diese armen, überarbeiteten Leutchen. Aber ich beklage mich ja nicht, Horatio. Ich wünsche mir nach wie vor nichts sehnlicher, als dich zu heiraten.»

«Pas – pas devant les enfants», flüsterte Onkel Horatio und stach mit seinem Spazierstock in Teddys Richtung.

«Aber brennst du nicht auch unverändert darauf, mich zu heiraten, Liebling?»

«Also, ich weiß wirklich nicht, wie du auf diese ausgefallene Idee kommen konntest –»

«Wenn du dich nicht mehr an Ascot erinnerst, Horatio», sagte Elaine mit sanfter Stimme, «dann doch vielleicht an Torquay? Oder Bognor Regis? Oder Bath? Oder Marlborough, Harrogate und Worthing? Oder Berwick-on-Tweed? Die Liste ist so lang wie das Abc.»

«Das hat alles damit nicht das geringste zu tun», fuhr Lord Brickwood sie an. «Gott sei Dank! Ein Taxi! Wir bleiben in Verbindung», brüllte er und schob Teddy ins Auto.

«Ganz bestimmt», rief Elaine vom Gehsteig zurück.

«Fahren Sie, Chauffeur!» befahl Onkel Horatio und stolperte im Fond über Teddy. Er richtete sich auf und starrte unruhig durch das Heckfenster. «Eine alte Freundin –» erklärte er – «der Familie.»

«Onkel», sagte Teddy und straffte die Schultern. «Es ist höchste Zeit, daß wir einiges klarstellen –»

«Mein guter Junge, siehst du denn nicht, daß ich mich bereits in ziemlicher Aufregung befinde und –»

«Wer war jene Frau?» fragte Teddy streng.

«Elaine Norrimer.» Onkel Horatio versuchte sich eine Zigarre anzuzünden. «Eine ehemalige Schauspielerin. Wir waren in den dreißiger Jahren recht gut miteinander. Sie scheint sich einzureden, daß ich sie heiraten werde. Gott weiß warum.»

«Was du natürlich nicht kannst», folgerte Teddy scharfsinnig, «weil du doch Mrs. Prothero heiratest.»

«Vollkommen richtig», stimmte Lord Brickwood ihm bei. Seine Hand, in der er das Streichholz hielt, zitterte. «Obzwar, wie ich dir nicht vorenthalten will, Teddy, Gracie nicht halb so reizvoll ist, wie Elaine Norrimer es zu ihrer Zeit war. Ich möchte nicht, daß du glaubst, ich hätte in dieser Hinsicht einen zweifelhaften Geschmack. Aber Mrs. Prothero hat natürlich den Zaster.»

«Aber Onkel! Diese Erwägung kann doch gar nicht ins Gewicht fallen!»

«Nun... ah... hm...» räusperte sich Lord Brickwood, und es gelang ihm, zwei Rauchringe auszustoßen.

«Schließlich wird doch dein enormes Vermögen aus dem Orient hierher überwiesen?»

«Vielleicht habe ich vor dem Bankfexen ein wenig übertrieben», gestand Lord Brickwood. «Ich finde immer, daß es nichts schadet, Vertrauen einzuflößen. Genaugenommen wird das Vermögen im Augenblick nicht so besonders groß sein. Der Hongkonger Markt war in der letzten Zeit recht unsicher. Ja, ich wäre gar nicht überrascht, wenn die Gelder überhaupt nicht auftauchten.»

«Aber wer soll das Essen, die Getränke, die Diener und die Neuanschaffungen für die Wohnung bezahlen?» schrie Teddy auf.

«Das ist ganz einfach», erwiderte Lord Brickwood und rauchte seine Zigarre mit neugewonnenem Vergnügen. «Du natürlich.»

«Ich???»

Er nickte. «Ja, sobald du erst mit der kleinen Fitzhammond verheiratet bist, stehen dir doch Millionenbeträge zur Verfügung.»

«Aber ich werde die kleine Fitzhammond doch nicht heiraten!»

«Was?» Lord Brickwood biß vor Schreck seine Zigarre entzwei. «Soll das heißen, daß du sie sitzengelassen hast?»

«Ich würde eher sagen, sie ließ mich sitzen. Jedenfalls ist sie mit einem gewissen George durchgebrannt.»

«Ihr Götter! Du verdammter Trottel! Weshalb, glaubst du denn, bin ich nach England zurückgekommen? Dabei bin ich bis heute noch das Reisegeld schuldig», ergänzte er.

«Wohin, Sir?» fragte der Fahrer durch die Trennscheibe.

«In Konkurs», sagte Lord Brickwood, warf seine Zigarre zu Boden und zertrat sie.

15

Ein oder zwei Stunden, nachdem Teddy und Lord Brickwood sich von den Stufen des *Trafalgar Clubs* in ein Taxi gerettet hatten, kam Abigail Fitzhammond an Deck der *Snowdonia*, um sich an die Reling zu lehnen, während die Sonne, von einem weiteren Tag glitzernden Wassers erschöpft, eilig in den kühlen Fluten des Atlantik versank.

Achtern lag die Insel Teneriffa, deren Einwohner händereibend die Erlöse zusammenzählten, die sie aus dem Verkauf von Souvenirs geschlagen hatten: Puppen, die als Duennas verkleidet waren, Seidenschals mit aufgedruckten Stierkämpfern, jene Kastagnetten, die so verdammt schwierig zu handhaben sind, Bündel ziemlich schmackhafter Bananen und Kanarienvögel, die, sobald sie an Bord waren, trotzig schwiegen. Vor ihnen lag Madeira, dessen Einwohner händereibend überschlugen, wieviel sie an den Korbmöbeln verdienen würden, auf denen kein Mensch sitzen konnte, an kleinen glänzenden Fäßchen, die im Salon als Behälter für Sherry oder Kekse verwendet werden, an Körben mit Orangen und ganzen Kisten voll des einheimischen Weines. In den Passagierkabinen türmte sich eine Unmenge ausgestopfter Affen aus Gibraltar, Lederkissen und jene türkischen Pantoffeln, die man bei jedem Schritt verliert. Die *Snowdonia* hatte eben den weitesten Punkt ihrer Frühlingsfahrt erreicht und wandte sich der Heimreise zu.

Abigail seufzte tief auf und betrachtete verklärt die Wellen, die hinter dem Heck aufschäumten. Sie seufzte abermals und warf einen zweiten verklärten Blick auf die Reihe der Rettungsboote, die sich bis zum Terrassencafé vorschoben. In diesem Augenblick hätte sie über alles geseufzt und alles verklärt angesehen, selbst den Kapitän. Denn Abigail war rettungslos verliebt.

Und nicht in Teddy Brickwood.

Dabei wurde sie beobachtet. Von seiner Kommandobrücke her betrachtete der Kapitän sie aufmerksam durch sein Fernglas. Er überlegte, daß die Reise, die er selbst vom ersten Augenblick an so haarsträubend gefunden hatte wie den Klabautermann, zumindest Miss Fitzhammond Vergnügen bereitete. Und wenn, beglückwünschte sich der Kapitän, er an jenem Abend, da sie Gibraltar verließen, nicht so diskret und väterlich hinter den Kulissen eingegriffen hätte, wäre dieser Augapfel Mr. Fitzhammonds vielleicht längst von rauschgiftsüchtigen Maden aus der Charing Cross Road angeknabbert.

Als Kapitän Kettlehorn zum Kartenzimmer zurückging, sah Abigail sich um. Ihr Gesicht leuchtete auf. Sie hatte das Empfinden, in ihrem Innern sei eine Flasche warmen Sodawassers geöffnet worden. Vom unteren Deckende näherte sich ihr Geliebter.

«Hallo, guten Abend», rief Mervyn Spode.

«Hallo», hauchte Abigail.

«Du bewunderst den Sonnenuntergang?» fragte Mervyn und trat zu ihr an die Reling.

«Er ist wunderschön», sagte Abigail und senkte den Blick.

«Nicht halb so schön», versetzte Mervyn und verflocht seine Finger mit den ihren, «wie du.»

«Oh, Mervyn», schmolz sie dahin.

«Du bist die Sonne meines Himmels», fuhr er fort, «mein Mond, meine Sterne und alle meine Planeten», setzte er hinzu.

«Oh, Mervyn!»

«Mein Sonnenschein, mein Regen, meine Stürme, meine Winde – Westwinde natürlich.»

«Oh, Mervyn!»

Was beweist, daß es sie ziemlich gepackt haben mußte, da diese Vergleiche kaum den Sonetten Shakespeares gleichzustellen waren.

Mervyn Spode hatte Abigail bald zu Beginn der Reise kennengelernt.

«Steward!» rief er, als die *Snowdonia* von schmierigen kleinen

Schleppern, die wie die guten treuen Seelen in Wollwesten aussahen, die hinter den Kulissen die ätherischen Mannequins mit Stecknadeln in die teuren Modelle einzwängen, aus dem Dock von Southampton hinausbugsiert wurde.

«Sir?» erwiderte Huffkins, der eben die Tabakzuteilung des Kapitäns holen wollte.

«Mein Name ist Mervyn Spode. Ich nehme an, Sie haben schon von mir gehört.»

«Ja, Sir», erwiderte Huffkins wohlerzogen.

«Irgendwelche interessante Passagiere an Bord?»

«Ich befürchte, da bin ich überfragt, Sir.»

«Unter den Damen, wissen Sie», fuhr Mervyn Spode fort, wobei er lässig seine Brieftasche zückte.

«Zufällig habe ich in der Kapitänskabine gehört, daß Mr. Fitzhammonds Tochter diese Fahrt mitmacht.»

«Was Sie sagen!» Mervyns elegant geschwungenen Augenbrauen zuckten in die Höhe. «Danke, Steward.» Damit überreichte er ihm zehn Shilling.

«Sehr freundlich, Sir.»

«Und, Steward –»

«Sir?»

«Wenn Sie es einrichten könnten, daß ich der jungen Dame recht bald begegne, bekommen Sie die zweite Hälfte des Pfundes.»

«Das läßt sich bestimmt arrangieren, Sir.»

«Natürlich unauffällig.»

«Selbstverständlich, Sir.»

«Danke, Steward.»

«Ich danke Ihnen, Sir.»

Mervyn stieß einen leichten Seufzer aus. Aus seiner ehemaligen Tätigkeit bei einem geschäftstüchtigen Zeitungsverleger hatte er die grundlegende Lehre gezogen, daß Bargeld, das man für private Informationen ausgab, niemals verschwendet war.

Ungefähr eine Stunde nach Abfahrt des Schiffes stand Mervyn Spode dicht neben Abigail im Terrassencafé und hatte ihr beide Arme um die Mitte geschlungen.

Da alle englischen Schiffe von der Annahme ausgehen, daß hinter jeder Ecke ein Eisberg lauert, ist das erste Ereignis an Bord –

natürlich nach Eröffnung der zollfreien Bar – die Rettungsübung. Kein Fahrgast eines englischen Schiffes würde es sich einfallen lassen, diese Übung zu vernachlässigen, da Schiffskatastrophen zu den wenigen verbliebenen internationalen Vorfällen gehören, in denen wir recht gut sind. Selbst wenn man die Tochter des Reeders und entschlossen ist, die Reise mit der Lektüre von «Untergang und Fall des römischen Reiches» in der Kabine zu verbringen, greift man nach der Schwimmweste, sobald die Alarmglocke schrillt, und begibt sich mit aufreizender Gelassenheit zu seinem Sammelplatz wie jeder andere auch.

Die modernen Schwimmwesten sind raffiniert auf eine Reihe von Löchern und einigen Riemchen zusammengestutzt worden, die das blitzschnelle Anziehen dieser Westen so schwierig machen wie das Anlegen eines Raumanzugs. Zum Glück traf Abigail am Sammelplatz beim Terrassencafé einen respektvollen Steward mit einem Gesicht wie eine vertrocknete Nuß, der ihr höflich einen blonden und gebrechlich aussehenden jungen Mann in einem eleganten Anzug vorstellte. Dieser Herr half ihr verständnisvoll in das Zeug hinein und schlang saubere kleine Kreuzknoten um ihre Taille.

«Ich hoffe, wir werden nicht wirklich um unser Leben schwimmen müssen», bemerkte der junge Mann, und ein gezwungenes Lächeln glitt über seine blassen Züge. «Schließlich habe ich diese Reise meiner Gesundheit wegen unternommen.»

«Wirklich?» fragte Abigail.

«Die Ärzte bestanden darauf», ergänzte er und schien noch blasser zu werden. «Ich fürchte, ich bin recht schwach.»

«Wie schrecklich», sagte Abigail.

«Jedenfalls habe ich dadurch Gelegenheit, meine Arbeitsrückstände zu bewältigen. Vielleicht haben Sie schon meine Zeitungsartikel über Innenausstattung und ähnliches gelesen? Ich bin Mervyn Spode.»

«Aber ja, natürlich. Ich fand sie ungemein begabt.»

«Wie außerordentlich liebenswürdig.» Wieder huschte das gezwungene Lächeln über sein Gesicht. «Für Sie möchte ich ein Heim entwerfen. Als ich Sie sah, war mein erster Gedanke, welch innerer Friede und welche Anmut von Ihnen ausstrahlen. Ich finde, man sollte immer mit dem *Menschen* beginnen, verstehen

Sie? Sie wären der Edelstein. Ich würde Ihnen bloß die Fassung geben.»

«Ach, jetzt schmeicheln Sie aber», lächelte Abigail. Schließlich konnte sie auch nicht viel anderes sagen, da der Kerl beide Hände kräftig in ihre Achselhöhlen gedrückt hielt.

«Ganz und gar nicht», erwiderte Mervyn Spode und zerrte an den Knoten. «Wenn ich auch zugeben muß, nicht die leiseste Ahnung zu haben, wer Sie sind, sagte ich mir doch augenblicklich: Endlich ein Gesicht, mit dem sich etwas anfangen ließe.»

Aber Abigail wurde durch die Szene abgelenkt, die sie durch die offenen Luken des Terrassencafés beobachten konnte. Auf dem Deck stand ein Mann mit goldenen Litzen und struppigen Augenbrauen, in dem sie den Kapitän vermutete. Ihm gegenüber krümmte sich in Zivilkleidern ein unglückliches Mitglied seiner Besatzung, dessen Schwimmweste sich in einer dieser Drahtrollen verfangen hatte, die man in die Rettungsboote schleudert. Zwischen den beiden schien ein Streit zu wogen, denn der Kapitän schüttelte die Faust und hüpfte auf dem Deck auf und ab. Schließlich erschien ein baumlanger Matrose im blauen Anzug und schnitt mit einem Messer den armen Kerl los, der daraufhin eiligst irgendwohin abgeschoben wurde, wo man ihn nicht mehr sehen konnte. Das Sonderbare an der Sache war bloß, dachte Abigail, daß der verknotete Zivilist genau wie Teddy Brickwoods netter Freund George aus Oxford aussah.

«Wie merkwürdig», murmelte sie vor sich hin. «Das kann er doch sicher nicht sein. Entschuldigen Sie», wandte sie sich Mervyn zu. «Ich habe Ihre letzte Bemerkung überhört.»

«Bitte, verzeihen Sie mir», fuhr Mervyn ölig fort, «aber ich muß Ihnen einfach sagen, was für wunderbare Augen Sie haben.»

Der sanftäugige Stabsoffizier hielt eine kleine Ansprache über die ruhmreiche britische Tradition zur See und ermahnte alle Gäste, sich warme Wollsachen anzuziehen. Mervyn begann alle seine Kreuzknoten wieder aufzubinden. Fünf Minuten später richtete er es ein, Abigail nach dem Abendessen in der kleinen Bar zu einem Drink zu treffen.

Abigail wanderte ziemlich nachdenklich in ihre Suite auf dem A-Deck zurück. Sie war jener Mädchentyp, der sich gern schmeichelt zu denken. Sie hatte diese Kreuzfahrt nicht mitmachen wollen, aber ihr Vater hatte ihr ohne Umschweife erklärt, daß ihm ihr allmorgendliches Kameliendamengesicht beim Frühstück auf die Nerven fiele. Sie hätte ja lieber auf dem Berkeley Square abgewartet, daß Teddy sie aufgesucht und sie den lächerlichen Streit über die Fische beigelegt hätten. Im Zug, der sie von Oxford nach Hause brachte, hatte sie wie eine ausgequetschte Orange geweint, aber sie weigerte sich standhaft, mit einigen liebevollen Zeilen den ersten Schritt zur Versöhnung zu tun. Was die Schwierigkeiten beweist, in die miteinander verkrachte Liebende geraten, die nicht von den Sternen begünstigt sind, besonders wenn es sich um ein so störrisches Paar wie dieses handelt.

Abigail musterte nachdenklich ihre Garderobe, die von ihrer privaten Stewardess ausgepackt worden war. Sie wollte den Nachmittag völlig ihrer Lektüre des «Untergangs und Falles» widmen, aber dieser Mervyn Spode schien ein recht hilfsbereiter und sympathischer Mensch zu sein. Wenn er auch natürlich keineswegs den brillanten Geist Teddys besaß, wies sie sich scharf zurecht, und griff nach ihrem verführerischen Balmain.

Mervyn Spode schritt mittlerweile auf dem Schiffsdeck auf und ab und legte sich seinen Schlachtplan für den Abend zurecht.

«Hallo, Merv», erklang hinter ihm eine kehlige Stimme.

Er blieb wie angewurzelt stehen, wandte sich um und erblickte ein Mädchen mit langem Blondhaar und einem erstaunlichen Kleid, an dem große Splitter glitzernden Glases baumelten. Ihre Zigarette steckte in einer Spitze, die wie eine Zuckerzange aussah, die sie über ihren kleinen Finger gestreift hatte.

«Äh – ich fürchte, ich habe nicht das Vergnügen –» sagte Mervyn hastig. Seinem kurzen Gastspiel, das er vor Jahren an einem Provinztheater abgehalten hatte, verdankte er die Kunst, seine Gefühle völlig zu verbergen.

«Wie geht's Caroline, Merv?» fragte Morag.

«Caroline?» Er lächelte verbindlich. «Bedaure, aber in meinem Bekanntenkreis hat sich niemals eine Person dieses Namens befunden.»

«Ganz der große Verschwörer», sagte Morag heiser. «Was ist denn aus deinem süßen kleinen Antiquitätenladen in der Kings Road geworden? Heute verkauft man dort jene märchenhaften und völlig ungenießbaren Pizzas.»

«Hör zu, Morag –» Mervyn Spode leckte seine Lippen ab – «nimm bitte zur Kenntnis, daß ich meine Vergangenheit begraben habe.»

«Aber Herzchen! Dazu wäre ein richtiges Mausoleum nötig!»

«Ich gebe ja zu, daß ich im Laufe der Jahre gewisse Irrtümer beging –»

«Einer davon hieß Caroline», bemerkte Morag und sog an ihrer Zuckerzange.

«Aber ich habe das Recht wie jeder, einen neuen Anfang zu machen.»

«Oh, natürlich, Herzchen. Ich frage mich bloß, weshalb du dir dazu ausgerechnet diesen Dampfer ausgesucht hast.»

«Diese Reise dient der Kräftigung meiner Gesundheit», wehrte Mervyn entschlossen ab.

«Ich könnte wetten, die Gesundheit anderer wird daran wohl kaum profitieren.»

«Ehrlich, Morag –» Mervyn Spode wandte ihr jene Augen voll zu, die weibliche Herzen wie Gletscher in einer Hitzewelle dahinschmelzen ließen. «Ich habe ein neues Blatt aufgeschlagen. Du weißt, wie wahnsinnig empfindlich ich schon immer gewesen bin.» Er hüstelte. «Erinnerst du dich nicht mehr an meine entsetzlichen Nervenkrisen?»

«Und ob, Herzchen. Sie haben zwei meiner Parties völlig ruiniert.»

«Die Ärzte sagen, daß ich vielleicht nicht mehr lange zu leben habe», enthüllte ihr Mervyn und sah aus, als ob Leib und Seele sich jeden Augenblick trennen könnten. «Ich habe nur den einzigen Wunsch, den Rest meines Lebens als anständiger Mensch zu verbringen, das ist alles.»

«Bist du sicher, Herzchen», murmelte Morag, «daß dieser Schock dich nicht töten wird?»

«Ich weiß, daß ich ab und zu ein recht übler Geselle gewesen bin», gab Mervyn freimütig zu. «Aber du wirst mir eine Chance geben, nicht wahr, Morag? Du wirst doch nicht auf dem ganzen Schiff jene Geschichten über meine Vergangenheit verbreiten, die mich heute selbst – das darfst du mir glauben – zutiefst anwidern.»

«Ach, Herzchen, was für einen Schatz an himmlischen Gesprächsthemen ich da ungehoben lassen muß!»

«Bitte, Morag... Tu es jener alten Tage in der Cromwell Road wegen.»

Morag seufzte. Unter dem harten und spröden Äußeren war sie genauso weich wie ein Zweieinhalb-Minuten-Ei. «Na schön, Herzchen, ich halte den Mund.»

«Das ist einfach süß von dir. Ich habe dein Wort?»

«Hand aufs Herz, Liebchen.»

«Ich wußte, du würdest keinem Mann, der bereits auf dem Boden liegt, einen Tritt versetzen, Morag.»

«Solange er auf beiden Beinen steht, hätte es wohl nicht viel Zweck, ihm einen Tritt versetzen zu wollen, nicht wahr, Herzchen?» Morag sog abermals an ihrer Zuckerzange. «Auf Wiedersehen also, beim Bingo.»

16

Die *Snowdonia* dampfte eilig von ihren heimatlichen Küsten ab, und alle Menschen an Bord paßten sich dem üblichen Tagesablauf eines englischen Schiffes auf hoher See an. Um acht Uhr früh rannten Stewards mit Teekannen und heißen Toastscheiben mit Butter von einer Kabine zur anderen. Um neun erklang der Gong zum Frühstück, das nach Wahl aus sechs Sorten von Haferbrei, drei Arten Fisch, Eiern, Schinken, Wurst, Koteletten, Faschiertem, Kalbfleischschnitten, Curry und Orangenjam bestand. Um elf eilten die Stewards mit dampfenden Suppenschüsseln und kleinen Salzkeksen über das Deck, und Schlag zwölf versammelte sich alles in der kleinen Bar, bis das Signal zu dem aus sechs Gängen bestehenden Mittagessen erscholl. Um vier Uhr reichten die Stewards geschäftig Tee und Buttergebäck, um sechs versammelten sich die Passagiere abermals in der kleinen Bar, um sieben läutete es zu dem aus acht Gängen bestehenden Abendessen, und dann spielten alle Bingo, bis um zehn Uhr die belegten Brote serviert wurden. Das Wetter war strahlend schön, und jedermann schien die Reise zu genießen.

Mit Ausnahme Kapitän Kettlehorns.

«Heiliges Kanonenrohr, Erster, wo stecken Sie?» brüllte er am zweiten Morgen der Reise von der Brücke, als das Schiff friedlich über den sanft wogenden Busen des schlafenden Golfes von Biskaya dampfte.

«Hier, Sir», meldete sich der Erste Offizier und trat aus dem Kartenraum.

«Zeit für meine Geselligkeitsrunde», grunzte Kapitän Kettlehorn. «Ich persönlich finde ja, daß man den Kapitän eines Schiffes hören und nicht sehen soll. Aber wenn die Reederei darauf besteht, stelle ich mich eben jeden Tag von halb elf bis elf Uhr zur Schau. Widerspruch kann ich mir nicht leisten», bellte er.

In diesem Augenblick erschien Morag auf der Kommandobrücke. Sie trug hautenge schwarze Hosen, einen noch engeren Pullover und eine Kette aus großen weißen Kugeln, die zu Totenschädeln geschnitzt waren.

«Herzchen, das ist ein geradezu himmlischer Platz für die Schatzsuche», sagte sie mit ihrer verrauchten Stimme.

«Für – wofür?»

«Natürlich wahnsinnig lästig, aber die Passagiere brüllen einfach nach einer Schatzsuche! Glauben Sie, könnte ich in diesem komischen Messingdings vor dem Steuerrad einen Fingerhut verstecken?»

«Wollen Sie augenblicklich von meiner Brücke verschwinden?» schnaubte Kapitän Kettlehorn sie an. Seine Augenbrauen drohten, dem Gesetz der Zentrifugalkraft folgend, davonzufliegen.

«Aber, Herzchen!»

«Sprechen Sie den Kapitän nicht mit ‹Herzchen› an, verdammt noch mal!»

«Jetzt sind Sie böse», sagte Morag.

Kapitän Kettlehorn schlug sich die Hände vor das Gesicht.

«Miss Aspinall», sagte er mit mühsamer Beherrschung, «ich fahre seit vielen, vielen Jahren zur See –»

«Ach, ich bin ganz sicher, daß in Ihren Knochen mehr Salz steckt als in den Sardellen, Herzchen.»

«Miss Aspinall.» Der Kapitän schluckte schwer. «Ich ersuche Sie bloß, die Schiffsleitung insofern zu unterstützen, als Sie anerkennen, daß ich an Bord ein Amt auszuüben habe.»

«Aber Herzchen, das tue ich ja. Sie können sich nicht vorstellen, was für eine abscheuliche Plage es ist, all diese grauenhaften

Menschen ständig zu zerstreuen. Sie verlangen pausenlos nach Anagrammen, Silbenrätseln, Buchstabierspielen, Dreibeinwettläufen, Schönheitskonkurrenzen, Wohltätigkeitsvorträgen –»

«Es ist mir bekannt, Miss Aspinall», unterbrach der Kapitän sie bebend, «daß Sie mit größter Gewissenhaftigkeit Ihrer beschwerlichen Pflicht nachkommen. Ich ersuche Sie bloß, dazu nicht meinen verfluchten Kompaß heranzuziehen! Warum fragen Sie nicht den Schiffsingenieur, ob Sie Ihre verdammte Suche in seinem Maschinenraum abhalten können?»

«Keine schlechte Idee», gab Morag zu und wandte sich zum Gehen. «Über welche dieser komischen Leitern komme ich von hier heraus?»

Kapitän Kettlehorn schritt zum Nock seiner Kommandobrücke hinüber. Er verschränkte die Hände hinter dem Rücken und blickte düster zu den Passagierdecks nach hinten. Er knurrte: «So ein verdammter Mist! Vierzig Jahre auf See. Und wozu? Um bei einem verfluchten Versteckspiel mitzutun!»

Seine Miene wurde um einige Grade freundlicher, als er Miss Fitzhammond mit einem Buch auf einem der Deckstühle erblickte. Er war froh, daß sich das Mädchen mühelos in das Schiffsleben eingefügt hatte. Ein Glück, dachte er, daß dieser junge Spode an seinem Tisch ihr Gesellschaft leistete. Kein übler Typ, dieser Spode. Ein wenig eitel und leichtfertig, aber gut erzogen. Er hatte während des Mittagessens am Vortag andächtig der Geschichte des Kapitäns über den Taifun gelauscht, in den er im Chinesischen Meer geraten war. Zum Abendessen hatte er nicht minder aufmerksam die Erzählung des Kapitäns über den Eisberg verfolgt, dem er in der Cabotstraße begegnet war. Und um ein Uhr, überlegte der Kapitän mit freudiger Erwartung, würde er die Geschichte von den Kesseln genießen können, die im Persischen Golf explodierten.

Kapitän Kettlehorn erbebte. Näherte sich der jungen Dame auf dem Deck doch tatsächlich dieser schreckliche Alleinunterhalter und Rauschgiftsüchtige!

«Huffkins!» brüllte er in Richtung seines Privatdecks. «Schaffen Sie diesen Mann augenblicklich in meine Kabine!»

George Churchyard war neben Kapitän Kettlehorn wirklich der einzige an Bord, der die Reise nicht genoß. Während der bisherigen zweitägigen Seefahrt hatte er entdeckt, daß die Musiker der Kapelle, mit denen er die Kabine teilte, viel und laut schnarchten und sich offenbar nur selten die Füße wuschen. Er lernte außerdem, daß es zu seinen Pflichten als Alleinunterhalter gehörte, die Schiffspost auszusortieren, die schmutzige Wäsche der Mannschaft einzusammeln und das Deck des Tanzsaals zu scheuern. Das alles hatte ihm wenig Zeit gelassen, sich unter vier Augen mit Abigail über Teddy Brickwood zu unterhalten, obwohl er sich das sofort vorgenommen hatte, als Morag ihm ins Ohr flüsterte, daß Fabians Schwester an Bord sei.

«Heiliges Kanonenrohr, was, zum Teufel, fällt Ihnen ein, sich am hellichten Tage auf dem Passagierdeck herumzutreiben!» schnauzte der Kapitän ihn jetzt in seiner Kabine an. «Eh?»

«Ich habe bloß ein wenig Luft geschöpft», erwiderte George.

«Sir!»

«Ich habe bloß ein wenig Luft geschöpft, Sir», wiederholte er müde.

«Nehmen Sie Haltung an!»

«Wenn Sie es unbedingt wissen müssen –» fuhr George fort – er hatte das Gefühl, daß nach zwei Tagen Seereise die Zeit gekommen sei, diesen schrecklichen Kerl ein wenig in die Schranken zu weisen – «ging ich an Deck, um ein paar Worte mit Miss Fitzhammond zu wechseln.»

«Was! Sie haben noch die nackte Unverfrorenheit zuzugeben, daß Sie im Begriff waren, sie zu belästigen –»

«Ich wollte sie nicht belästigen», schnitt George ihm ungeduldig das Wort ab. «Zufällig bin ich mit Miss Fitzhammond befreundet.»

«Allmächtiger!» Der Kapitän schnappte nach Luft. «Hören Sie zu, Churchyard! In meinen vierzig Jahren zur See habe ich gelernt, vieles zu erdulden. Insubordination, Disziplinlosigkeit, Lügen, Diebstahl und Betrug – diese Dinge sind mir so unzählige Male untergekommen, daß ich bereit bin, sie in geringfügigen Fällen zu übersehen. Aber eines lasse ich mir unter keinen Umständen bieten: ich lasse mich nicht für dumm verkaufen, verstanden? Wenn Sie sich eine glaubhafte Lüge ausdenken wollen, ist das Ihre Angelegenheit. Aber mir einreden zu wollen, daß ein arbeitsloser, verkommener, drittklassiger Schmierenkomödiant aus den Gossen

Londons mit der Tochter des Reeders befreundet sein soll, ist eine schamlose Anzweiflung meiner Fähigkeiten als Kommandant dieses Schiffes. Wenn auch», gestand der Kapitän ihm zu, «Ihr normales Denken durch Ihre Rauschgiftsucht beträchtlich gelitten hat. Huffkins!»

«Sir?»

«Schaffen Sie diesen Kerl in seine Kabine. Ich wünsche Sie für den Rest der Fahrt nie mehr bei einem Gespräch mit einem der Passagiere zu ertappen, Churchyard! Verstanden? Verdammt noch mal!»

«Ich muß heute abend sogar zu allen sprechen», gab George mürrisch zurück. «Es ist meine erste Vorstellung.»

«Die ist ein Teil Ihrer offiziellen Pflicht. Und jetzt hauen Sie ab.»

Abigail, die in ihrem Stuhl zusammengerollt lag, wußte bereits von der Anwesenheit George Churchyards auf dem Schiff. Dieser George Churchyard war doch der beste Freund eines Oxforder Studenten gewesen, zu dem sie seinerzeit eine blutlose und kindliche Beziehung unterhalten hatte; ein Oxford-Student, der zu einem Schatten verblich im Vergleich mit Mervyn Spode, dem Mann, der für sie Gedichte geschrieben und ihr versichert hatte, daß sie sein nur noch an einem Faden hängendes Leben gerettet hatte, und der seit ihrer Abfahrt unablässig achtzehn Stunden täglich an ihren Haaren kaute. Es ist eine bekannte Tatsache, daß das Meer, die Sterne und die schimmernden Wellen die besten Voraussetzungen sind, um die Liebe wie einen künstlich hochgezüchteten Rhabarber aufschießen zu lassen. Das vollzieht sich auf jeder Seereise. Außerdem glaube ich, daß die Passagiere sich einfach eine Beschäftigung zwischen den vielen Mahlzeiten suchen müssen. Davon, daß Abigails Stimmung wie ein wohlgelandeter Tennisball mit aller Kraft hochschnellte, ganz zu schweigen.

Sooft Mervyn Spode sich ihr mit leisen Schritten näherte, flatterte Abigails Herz jetzt wie ein Schmetterling im Netz. Von Teddy wußte sie bloß noch, daß er in ihrem ganzen Leben nicht einmal einen Mundvoll ihres Haares gekostet hatte. Und dabei hatte das Schiff noch nicht einmal Gibraltar erreicht...

Am gleichen Abend saß Abigail Hand in Hand mit Mervyn in den hinteren Reihen des Ballsaals der ersten Klasse, während George auf die Bühne trat, um seine Eröffnungsvorstellung auf hoher See zu geben. Er war dadurch wieder etwas ausgesöhnter mit seinem Los. Er hatte ein Klavier und die richtigen Scheinwerfer zur Verfügung. Er trug seinen Frack. Er hatte sein Publikum. Und jeder Schauspieler, der lange auf ein Publikum verzichten muß, kommt sich vor wie jemand, der versucht, mit sich selbst Tennis zu spielen.

«Guten Abend, meine sehr verehrten Damen und Herren», begann George und schlug ein paar Akkorde an. Es freute ihn, daß der Ballsaal ziemlich gut besetzt war, da kein Bingo stattfand und ein Teil der Mannschaft dienstfrei hatte und sich im Hintergrund drängte. «Ich möchte Ihnen gern eine kleine Geschichte erzählen», fuhr George fort. «Eine Geschichte von einem Indianerhäuptling. Es war ein sehr reicher und sehr zivilisierter Häuptling, und er hatte drei Squaws –»

«Heiliges Kanonenrohr, hat der verdammte Kerl richtig schon angefangen», ertönte der Baß des Kapitäns vor den Sitzreihen.

«Ich habe dem Deckmaat gesagt, er soll nicht vor deinem Eintreffen beginnen lassen, Alfred», erwiderte der sanftäugige Stabsoffizier, der Kapitän Kettlehorn über die Füße aller Zuschauer hinweg zu ihren Plätzen in der Mitte der ersten Reihe folgte.

«Der Häuptling selbst schlief in einem breiten Doppelbett», fuhr George fort. «Aber die drei Squaws folgten der alten Stammessitte –»

«Bitte sehr um Vergebung, gnädige Frau», entschuldigte sich Kapitän Kettlehorn heiser und stolperte über nylonbestrumpfte Beine.

«Nichts geschehen, Herr Kapitän.»

«Harry, sag dem Maat, er soll das nächste Mal diese Stühle etwas weiter nach hinten rücken.»

«Natürlich, Alfred.»

«– und schliefen auf Fellen auf dem Boden. Die erste Frau schlief auf einem Löwenfell. Die zweite schlief auf einem Zebrafell –»

Ein durchdringendes Geräusch unterbrach den Vortrag. Kapitän Kettlehorn, der endlich bequem auf seinem Stuhl saß, blies seine Pfeife durch.

«Und die dritte Frau schlief auf einer Nilpferdhaut. Als die Zeit gekommen war, gebar die Squaw, die auf dem Löwenfell schlief, einen Sohn –»

«Ich kenne diese Geschichte, Harry», vernahmen George und alle anderen deutlich.

«Was du nicht sagst, Alfred. Ist sie gut?»

«Stinkfad», sagte Kapitän Kettlehorn.

«– bald darauf gebar auch die Squaw, die auf dem Zebrafell schlief, einen Sohn. Und wenig später schenkte die Squaw, die auf der Nilpferdhaut schlief, Zwillingsbrüdern das Leben –»

«Rauschgift, weißt du», bemerkte Kapitän Kettlehorn.

«Rauschgift, Alfred?»

«Der Kerl da droben», deutete Kapitän Kettlehorn mit seinen Augenbrauen.

«Womit bewiesen ist, daß die Squaw auf der Nilpferdhaut der Summe der Squaws auf den beiden anderen Fellen entspricht», schloß George.

Er spielte einen kleinen Laut auf dem Klavier. Das war der einzige Laut im Saal.

«Ich glaube, ich habe die Pointe nicht begriffen, Alfred», beschwerte sich der Stabsoffizier.

«Es gibt keine Pointe», sagte Kapitän Kettlehorn.

«Wissen Sie, was ein Trinker ist?» fuhr George mit festgefrorenem Grinsen beharrlich fort. «Das ist ein Mensch, der Ihnen unsympathisch ist und die gleiche Menge trinkt wie Sie.»

Ein oder zwei Passagiere lachten über diesen Witz. Kapitän Kettlehorn zündete sich seine Pfeife an.

«Oder ein Sadist?» behauptete sich George, trotz des Wolkenvorhangs, der sich zwischen ihn und das Publikum schob, etwas ermutigt. «Ein Sadist ist einer, der einem Masochisten nur Gutes tut.»

«Wenn der Kerl nur lauter sprechen wollte», schnaufte der Kapitän. «Höre kein Wort.»

«Es war einmal ein Mann, der ging in ein Gasthaus, um etwas zu trinken», schleppte George sich zwischen einzelnen Klavierakkorden weiter. Er hatte beschlossen, sein Glück mit leichter verständlichen Witzen zu versuchen. «Als der Gast nicht aufpaßte, holte sich der Hund des Wirtes seinen Hut aus der Ecke und fraß ihn auf. ‹Schauen Sie doch, was Ihr Hund mit meinem Hut angestellt hat›, beschwerte sich der Gast. ‹Daran sind Sie selbst schuld. Sie hätten den Hut dort nicht liegenlassen dürfen›, erwiderte der Wirt. ‹Ja, warum haben Sie denn nicht achtgegeben?› ereiferte sich der Gast. ‹Wozu sollte ich?› versetzte der Wirt. ‹Es war ja nicht mein Hut.› Haha», schloß George.

«Barmherziger», murmelte der Kapitän.

«Und jetzt», verkündete George und sprang von seinem Klavierhocker auf, «möchte ich Ihnen gern meine Version des Premierministers vorführen.»

Der Premierminister war sein Paradestück. Er hatte damit in der *Schlachtbank* große Erfolge erzielt und selbst im *Harem Club* ein Grölen an der Bar ausgelöst. Sonderbarerweise jedoch krümmten sich die Vergnügungsreisenden nicht in Lachkrämpfen auf dem Deck. Wahrscheinlich, überlegte George, als er in dem lähmenden Schweigen erbittert sein Programm fortsetzte, fühlten sie sich auf dem Ozean weit von solch unerfreulichen Tatsachen wie Premierministern entfernt. Oder vielleicht, beschlich ihn der Verdacht, war der Kapitän schuld, der sich in der ersten Minute von seinem Sitz erhob und, nachdem er schallend geäußert hatte: «Jetzt langt mir der Unsinn aber», sich polternd, und abermals über jedermanns Füße stolpernd, zum Ausgang zurückzog.

«Meine Damen und Herren, ich möchte Ihnen jetzt meine nächste Imitation zum besten geben», sagte George, dem die Sache schon bis zum Hals stand, als sein Satz mit einem flüchtigen Händeklatschen und sogar einem oder zwei Pfiffen aus dem Hintergrund aufgenommen wurde. «Als nächstes nehme ich jemanden aufs Korn, den Sie bestens kennen», verkündete er und entschloß sich, eher den Erzbischof von Canterbury zu imitieren als Mao Tse-tung. «Jemanden, den –»

Der Beifall rauschte auf, und Morag erschien auf der Bühne. Sie trug ein schimmerndes goldenes Kleid, das aussah, als hätte man es ihr aus der Sprühdose aufgespritzt.

«Augenbrauen, Herzchen», flüsterte sie und schob ihm etwas an einem Gummifaden Baumelndes zu. «Vom Schachtelteufel persönlich. Einfach satanisch.»

«Aber Morag –» wisperte George, aus dem Konzept gebracht.

«Den Kapitän, Herzchen», lächelte sie.

«Morag, ich bin mitten in der Vorstellung –»

«Ihn machen Sie nach, Herzchen», riet sie ihm kurz und trippelte wieder ab. «Die werden sich vor Lachen biegen.»

«Himmel, natürlich!» rief George. «Meine sehr verehrten Damen und Herren», rief er, ohne zu zögern. «Jemanden, den Sie sehr gut kennen. Heiliges Kanonenrohr, stehen Sie stramm, wenn Sie mit dem Kapitän sprechen...»

Auf seinem Weg zur Kommandobrücke blieb Kapitän Kettlehorn stehen, als eine Lachsalve die stille Nacht zerriß wie seine Kessel, die im Persischen Golf explodiert waren. Aus der Richtung der ersten Klasse rollten ihm minutenlang Wellen ungetrübter Heiterkeit entgegen. Er stützte die Hand auf die Brückenleiter und zog die Augenbrauen hoch. Er schien den besten Teil der Vorstellung versäumt zu haben.

17

«Das war gestern abend ein wahrer Geistesblitz von Ihnen, Morag», sagte George dankbar.

«Aber, Herzchen, das lag doch auf der Hand. Ich bin überzeugt, diese Brut ist das gemeinste, was man sich denken kann», erwiderte sie.

Es war am nächsten Nachmittag, und sie standen im strahlenden Sonnenschein auf halber Höhe des Felsens von Gibraltar und betrachteten die Affen, die die englische Herrschaft sichern.

«Der dort sieht aus wie ein Professor, den ich in Oxford kannte», bemerkte George.

Er deutete auf eines der struppigsten Tiere, das mit Hingabe versuchte, die Scheibenwischer eines geparkten Wagens zu zerkauen, während sich ein Dutzend der *Snowdonia*-Passagiere um ihn drängten und ihn zu fotografieren trachteten.

«Arme Affen!» seufzte Morag. «Glauben Sie nicht auch, daß sich die Tiere bedeutend sicherer fühlen, wenn sie die Menschen hinter verläßlich dicken Eisenstangen wissen?»

Als sie von den Affen genug hatten, lehnten sie sich über die Straßenbrüstung und ließen den Blick eine Weile über die glitzernde Bucht mit dem tief unten vor Anker liegenden Schiff und der Landzunge schweifen, die wie das Sprungbrett eines Riesen ins Meer hinausragte.

«Herzchen», brach Morag mit belegter Stimme das Schweigen. «Machen Sie gern Versprechungen?»

George lachte. «Ich glaube, ich habe keine Versprechen mehr gemacht, seit ich von den Pfadfindern hinausgeworfen wurde.»

«Ich hasse es, welche zu geben.» Sie rückte die goldgefaßte Schlange um ihren Hals zurecht. «Es regt mich immer so wahnsinnig auf, wenn ich sie brechen muß.»

Morag versank wieder in bedrücktes Nachdenken. George hatte den Eindruck, daß das Mädchen etwas vorhatte. Oder begann sie vielleicht, überlegte er in wohliger Erregung, allmählich seine Vorzüge zu erkennen? Denn wenn Morag auch eine Schwäche dafür hatte, sich anzuziehen, daß sie aussah wie von einer Künstlerredoute übriggeblieben, so war sie doch zweifellos ein Leckerbissen, dachte er weiter.

Georges Grübeleien wurden durch das Geräusch einer Hupe unterbrochen, als sich eine große Limousine auf der engen Straße durch die Touristenmenge zwängte. Im Fond saßen Abigail und Mervyn.

«Unbegreiflich, daß dieser Kerl, der so dürr ist, daß er sich nicht im Schwimmbad blicken lassen kann, einen solchen Eindruck auf Abigail Fitzhammond gemacht hat», sagte er.

«Sie kennen das niedliche kleine Mädchen mit dem Haufen Geld recht gut, nicht wahr, Herzchen?» fragte Morag mit verrauchter Stimme.

George nickte. «Sie war mit einem meiner Freunde in Oxford verlobt. Die beiden stürzten sich zwar mit viel Schwung in diese Liebe, aber irgendwie erlitten sie doch Schiffbruch, ehe sie noch vor dem Altar anlangten.»

Morag zeichnete mit ihren drei Zentimeter langen Nägeln, die seit neuestem grün lackiert waren, nachdenklich Muster auf die Brüstung.

«War dieser Freund ein anständiger Bursche, Herzchen?»

«Einer der besten», erwiderte George überzeugt. «Sie hatten eines Tages einen unsinnigen Streit und lösten die Verlobung. Sehr schade, denn sie paßten zueinander wie Stiltonkäse und Sellerie. Ich bin damals in Fabians Büro gegangen, um über einen

Waffenstillstand zu verhandeln, aber ich fürchte, ich bin damit nicht weit gekommen. Wenn diese Fahrt beendet ist und die beiden einander wiedersehen, kann ich Ihnen allerdings garantieren, daß sie sich in die Arme fallen werden wie zwei Stürmer vor dem Goal», schloß er zuversichtlich.

Morag betrachtete die Aussicht und sagte kein Wort.

«Herzchen», eröffnete sie ihm schließlich, «nur weil Sie es sind, werde ich etwas Entsetzliches tun.»

«Entsetzliches?» fragte George. Einen Augenblick durchzuckte ihn der Verdacht, daß sie sich vom Felsen hinabstürzen würde.

Sie nickte. «Jawohl. Ich werde ein richtiges Hand-aufs-Herz-Versprechen brechen. Aber es bahnt sich eine ganz besonders grauenhafte Tragödie an.»

«Was für eine Tragödie?»

«Neben der König Lear wie Jimmy Edwards aussehen würde.»

«Doch nicht der Kapitän?» fragte er in banger Hoffnung. «Hat ihn vielleicht der Schlag getroffen?»

Morag schüttelte den Kopf, daß ihr Schlangenhalsband klapperte.

«Es handelt sich um jenen Mervyn Spode.»

«Ach, Ihren Freund –»

«Er ist nicht mein Freund, Herzchen. Obwohl er mir vor langer Zeit mehr Anträge gestellt hat als so manches Unterhausmitglied dem Parlament. Er ist ein widerliches Subjekt. Ein Vampir. Saugt einem völlig das Blut aus.» Sie schüttelte sich. «Jetzt hat er die arme kleine Abigail fest an der Kehle.»

«Aber Morag!» lachte George. «Sie glauben doch nicht im Ernst, daß ein so ungemein vernünftiges und aus so gutem Haus stammendes Mädchen wie Abigail sich wirklich mit einem Burschen einläßt, den es erst an Bord kennengelernt hat?»

«Einläßt, Herzchen? Die beiden sind unzertrennlich.»

George sah sie verdutzt an. «Ich kann es einfach nicht glauben.»

«Auf dem Meer ist schon Schlimmeres passiert, Herzchen», sagte Morag düster.

«Dann müßte ich wohl etwas unternehmen», meinte George stirnrunzelnd. «Und zwar sehr energisch.»

«Ganz bestimmt, Herzchen. Noch ehe er sie völlig in den Klauen hat.»

«Armer Teddy!» murmelte George.

«Sie könnten ihr raten», schlug Morag vor, «sich das nächste Mal, wenn Merv sie an die Reling preßt und an ihrem Haar herumkaut, bei ihm zu erkundigen, wie es der lieben Caroline geht.»

Als die *Snowdonia* am gleichen Abend von Gibraltar auslief, riß George sich von seiner Wäscheabholung los und machte sich energisch auf den Weg zur Hauptstiege, um Abigail zu finden. Er war es Teddy schuldig, sagte er sich, als er nach oben eilte, dem Mädchen nachdrücklich klarzumachen, daß dieser Spode, der ständig in ihren Nacken schnaufte, nichts weiter als ein skrupelloser Schmarotzer war, um den selbst Blaubart einen weiten Bogen geschlagen hätte. Weiter würde er anführen, fiel die Sonne der Gunst, in der sich Abigail momentan badete, sonst wahllos auf Mädchen recht anspruchsloser Herkunft. Von Caroline ganz zu schweigen.

Auf der Brücke kommandierte Kapitän Kettlehorn das Auslaufmanöver. Eine unsichere Stimmung hatte sich auf seine epaulettengeschmückten Schultern gesenkt. Seit der Ankunft in Gibraltar hatten sich die Passagiere und Mannschaft recht merkwürdig benommen.

Gewöhnlich reagierten die Menschen auf dem Schiff auf sein Erscheinen damit, daß sie sich in ein passendes Versteck verdrückten und nervös abwarteten, ob der Sturm vorbeigehen oder sich in Blitz und Donnerschlag entladen würde. Jetzt standen sie einfach da und grinsten. Sonderbar, dachte Kapitän Kettlehorn. Anfangs glaubte er, er hätte einen Teil seiner Uniform nicht richtig an, aber Huffkins versicherte ihm, daß er steuer- und backbords tadellos gekleidet sei. Er grübelte nun, ob eine Meuterei bevorstünde und er ein Telegramm an die Royal Navy senden sollte, ehe es zu spät war und er sich auf dem Atlantischen Ozean befand, wo man ihm die Kehle durchschneiden würde.

«Zwei Grad backbord», befahl er dem Steuermann. «Heiliges Kanonenrohr, Mensch! Wachen Sie auf! Wollen Sie das verdammte Schiff auf den Felsen rennen lassen?»

Er wandte sich um, weil er ein Kichern hinter seinem Rücken vernommen hatte. Es stammte von dem sanftäugigen Stabsoffizier.

«Ich muß schon sagen, Stabs! Ich begreife nicht, was so lächerlich daran ist, wenn das Schiff auf Grund läuft!»

Der Stabsoffizier kicherte wieder. Kapitän Kettlehorn ließ seine funkelnden Blicke über die Kommandobrücke wandern. Seine Augenbrauen schnellten ruckartig hoch. Alle seine Offiziere starrten ihn mit einem blöden Grinsen an.

«Es ist mir völlig unverständlich», donnerte er, «warum alle Mann an Bord plötzlich begonnen haben, mich wie ein Haufen halbbesoffener Dorftrottel anzustieren. Das ist nicht nur äußerst ungezogen, sondern läßt auch jenen Respekt vermissen, der dem Kapitän eines seefahrenden Schiffes zusteht.»

Der Stabsoffizier begann so zu lachen, daß er sich auf das Nachthaus stützen mußte.

«Heiliges Kanonenrohr, noch einmal!» brüllte Kapitän Kettlehorn. «Will mir denn keiner dieses alberne Benehmen erklären?»

«Es – es war der Imitator», brachte der Stabsoffizier ächzend hervor. «Er war umwerfend lebensecht.»

«Imitator? Imitator? Welcher verdammte Imitator?»

«Der junge Churchyard. Er war ausgezeichnet. Nachdem Sie gestern abend die Vorstellung verließen. Wir wanden uns alle in Krämpfen. Unwahrscheinlich gut, nicht wahr, Erster?»

«Ja, Sir», grinste der Erste Offizier Kapitän Kettlehorn an. «Er ist ein richtiger Gewinn für das Schiff, Sir. Er wird die Passagiere nicht schlecht zum Lachen bringen, bis wir wieder in Southampton anlegen.»

«Es war wirklich sehr komisch, Sir», quäkte der Dritte Offizier. «Jammerschade, daß Sie das nicht mehr gesehen haben, Sir.»

«Wenn ich mir die Bemerkung erlauben darf», fügte Huffkins hinzu, der mit Kaffee und belegten Broten erschienen war, «unterhielt sich die Steward-Messe großartig, Sir.»

«Steuermannsmaat!» donnerte Kapitän Kettlehorn.

«Sir?»

«Zwei Matrosen her und folgen Sie mir. Stabsoffizier, Sie übernehmen hier oben den Befehl.»

Mit drei Matrosen an den Fersen polterte Kapitän Kettlehorn die Hauptstiege hinunter. Er traf George, der hinaufeilte.

«Sie dort! Churchyard!» Der Kapitän blieb bebend stehen. «Ich erhebe Anklage gegen Sie!»

«Anklage? Was für eine Anklage?» fragte George verwirrt. Seine Gedanken waren vollauf mit der bevorstehenden Unterredung mit Abigail beschäftigt.

«Anstiftung zur Meuterei!» erwiderte Kapitän Kettlehorn scharf. «Maat! Bringen Sie den Mann nach unten.»

«Hören Sie», verwehrte sich George erbost. «Zufällig habe ich Miss Fitzhammond eine äußerst wichtige Botschaft auszurichten.»

«Maat, visitieren Sie den Mann sorgfältig, ob er Rauschgift bei sich trägt. Besten Gruß an den Chefsteward, er soll ihn für den Rest der Fahrt in der Kombüse das Geschirr spülen lassen.»

«Hoppla!» rief George, als die Matrosen ihn beim Arm packten. «Das können Sie nicht tun.»

«Ich kann tun, was mir paßt! Heiliges Kanonenrohr, Sie hätten die Schiffsordnung lesen müssen, ehe Sie in der Reederei unterschrieben. Maat, sagen Sie dem Chefsteward, keinen Tabak und keinen Alkohol. Und wenn ich Ihre widerliche Fratze noch einmal außerhalb der Mannschaftsräume erblicke, ehe wir wieder in Southampton sind», schloß der Kapitän, an George gewandt, «wird es mir ein großes Vergnügen sein, sie mit einem Spieker einzuschlagen. Maat, packen Sie ihn bei den Füßen.»

«Was ist denn hier los?» fragte Abigail, die eben mit Mervyn die Stiege herabkam.

«Wahrscheinlich ein Matrose, der sich vergangen hat», erklärte er ihr. «Sie betrinken sich alle fürchterlich an Land, wissen Sie.»

«Wer es auch sein mag, ich hoffe, sie werden ihm nicht weh tun», sagte Abigail, die nur noch einen flüchtigen Blick auf Georges Arme und Beine erhaschte, ehe sie im Schiffsrumpf verschwanden.

«Ach, was hast du für ein bewundernswert weiches Herz», murmelte Mervyn und ergriff ihre Hand. «Selbst für das Gesindel.»

«Oh, Mervyn», erwiderte Abigail mit gesenktem Blick.

«Komm», schlug er ihr vor. «Wir suchen uns einen stillen Winkel auf Deck, wo wir ungestört sind. Ich habe eben ein kleines Gedicht beendet, das ich dir gern vorlesen möchte.»

«Oh, Mervyn», sagte Abigail.

18

«Wir wollen nicht den Kopf hängen lassen», sagte Onkel Horatio und schnitt sich noch eine Zigarre seines Bruders ab, während er in seinem Morgenrock mit den Drachen durch die Wohnung wanderte. «Denken wir an die Worte unserer großen Königin Viktoria – ‹In diesem Hause existiert keine Niedergeschlagenheit. Wir sind an den Möglichkeiten einer Niederlage nicht interessiert. Sie bestehen nicht.› Wir, mein Junge, werden einfach *reculer pour mieux sauter*. Wir müssen den Geist der schweren Kriegstage zurückgewinnen, über unsere Schwierigkeiten hinweg dem Sieg entgegenmarschieren. Ich flehe dich an, belaste deine junge Seele nicht so sehr. Etwas muß sich ja ereignen.»

«Wir können nicht einfach fortfahren, Kerzen für sämtliche Heiligen zu entzünden», versetzte Teddy Brickwood ziemlich heftig von seinem Stuhl her, in den er sich zurückgezogen hatte, um den Morgen mit dem Manuskript eines tausendseitigen amerikanischen Romans über das Liebesleben der Insassen des Bronxer Tiergartens zu verbringen.

«Mein lieber Junge!» Onkel Horatio sah schmerzlich berührt aus. «Du gehst in letzter Zeit sehr streng mit mir zu Gericht. Das ist wirklich höchst ungerecht. Du mußt begreifen, daß du deinen älteren Angehörigen Ehrfurcht schuldest.»

Teddy blieb stumm. Seit ihrer Rückkehr vom *Trafalgar Club* hatten sich die Beziehungen zu seinem Onkel sehr verschlechtert. Er hatte unverzüglich ein Kabel folgenden Wortlautes an seinen Vater gesandt «Komm sofort nach Hause», auf das er die Antwort erhielt, «Bedaure Verhandlungen in kritischem Stadium halte unbedingt Presse fern hier prachtvolle Sonne». Es waren allerdings keine weiteren Gläubiger mehr aufgetaucht, obwohl er feststellte, daß sein Onkel jeden Morgen die Post an sich nahm, um sie im Bad zu lesen. Als eine Woche verstrichen war, hatte Teddy das fatalistische Verhalten eines Überlebenden nach einem schweren Erdbeben angenommen, der sich fragt, ob es noch zu weiteren Erdstößen kommen würde.

«In meinen Jahren im Orient stand ich bedeutend schwereren Krisen gegenüber», fuhr Lord Brickwood fort und schnippte das goldene Tischfeuerzeug an, das er am ersten Nachmittag in der Bond Street bei einer hübschen Verkäuferin erworben hatte. «Mein Geschäft in der Portugiesensiedlung von Macao – das, wie ich hinzufügen darf, einmal bestens florierte – war ständig den Einmengungen von Störenfrieden sowohl aus Verbrecher- als auch aus Polizeikreisen ausgesetzt.»

«Und worin bestand eigentlich dein Geschäft in Macao, Onkel?» verlangte Teddy zu wissen und sah abermals von seinem Manuskript auf.

«Habe ich es dir nicht gesagt, mein Guter? Eine wohl verzeihliche Unterlassungssünde, glaube ich, da ich so viel im Kopf hatte. Ich führte ein kleines Lokal, in dem Matrosen und ähnliche Leute sich an den Abenden unschuldigen Belustigungen hingeben konnten. Es gab Fantan zu bescheidenen Einsätzen. Ich habe sogar ein oder zwei einheimische Mädchen eingestellt, um dem Lokal eine gewisse Atmosphäre zu verleihen. Ich glaube, daß ich eine echte soziale Leistung damit vollbrachte, diese rastlosen jungen Männer von den Straßen abzuziehen. Jedoch stieß ich auch hier wieder auf Eifersucht in den Ämtern. Ein einfallsreicher Unternehmer muß darauf eben stets gefaßt sein. Nach einiger Zeit hielt ich es für angezeigt, das Lokal zu schließen.»

Er paffte nachdenklich an seiner Zigarre.

«Unsere Lage birgt viele Vorteile in sich», überlegte er laut. «Unsere Lebensmittel- und anderen Einkäufe erfolgten zum Glück anfangs des Monats, daher werden wir wegen unserer Konten noch ungefähr eine Woche nicht belästigt werden. Zugegeben, wir wurden zu einer bescheideneren Lebensführung gezwungen, weshalb ich ja auch unser ausgezeichnetes Hauspersonal entließ, und wir sind sogar jener sonderbaren Frau – wie immer sie hieß – mit dem Mop beraubt. Aber du leistest Wunder mit dem Staubsauger, mein Junge. Ich selbst bin in Haushaltspflichten natürlich völlig unbewandert. Ich bin wirklich richtig erleichtert, allein hier zu sein. Man kann um soviel klarer denken, wenn man nicht von Dutzenden von Menschen umringt ist.»

Er schnippte ein Aschenstäubchen von einem seiner Drachen.

«Und zum Glück besitzen wir auch bereits einen reichen Vorrat an Whisky und Zigarren», schloß er.

«Aber keine Lebensmittel», gab Teddy zu bedenken.

«Mein lieber Junge, ein Gentleman braucht sich niemals darum zu sorgen, woher seine nächste Mahlzeit kommen wird. Du hast kein Vertrauen zu meiner Geschäftstüchtigkeit. Ich habe im Bücherschrank deines Vaters ein ausgezeichnetes kleines Buch entdeckt, das sich Gourmet-Führer nennt. Mit einiger Geschicklichkeit werden wir uns die Adresse der Repräsentanten des Herausgebers verschaffen – oder zumindest so tun, als ob wir sie hätten – und dadurch täglich in den Genuß von zwei ausgezeichneten kostenlosen Mahlzeiten in jedem Winkel Londons gelangen. Auf diese Art werden wir auch bedeutend besser essen und bedient werden», setzte er hinzu. «Du, mit deiner schriftstellerischen Begabung, kannst dir außerdem noch ein kleines Taschengeld damit verdienen, daß du für das Morgenblatt dort eine Klatschspalte schreibst. Ich kann dir genügend Tritsch-Tratsch verschaffen, um dich auf ein Jahr mit Material zu versorgen, und du hättest keine Schwierigkeiten, den Posten zu bekommen. Lord Chough, dem dieses schauerliche Blatt gehört, ist ein alter Freund von mir. Zufällig besitze ich gewisse Informationen über ihn und eine junge Dame namens Vi.»

«Aber das wäre Erpressung», sagte Teddy düster. «Das schwärzeste aller Verbrechen.»

Lord Brickwood seufzte. «Die Biederkeit der Jugend! Natürlich ist Erpressung kein schwarzes Verbrechen. Man muß schon recht viel auf dem Kerbholz haben, um ihr erst einmal ausgesetzt zu sein, was bei allen anderen Verbrechen nicht Voraussetzung ist. Jedenfalls habe ich keinen Ton mehr von Elaine Norrimer vernommen», fiel ihm in diesem Zusammenhang ein. «Bei einigem Glück wird sie erkannt haben, daß meine gegenwärtige Lage kaum die Spesen eines Anwalts wert ist. Grace Prothero», setzte er erbittert hinzu, «hat gestern am Telefon den 1. Juli für unsere Trauung vorgeschlagen. Sie ist eine Frau mit hervorragenden Eigenschaften, die sicherlich jedem Mann eine wertvolle und liebende Gattin abgeben kann», meinte er vage. «Wenn du bloß deinen kleinen Krach mit der jungen Fitzhammond beilegen könntest, Teddy –»

Teddy warf das Manuskript beiseite und erhob sich.

«Onkel, ich habe es absolut satt, daß du und so ziemlich alle anderen Familienmitglieder mich wie den zukünftigen Hahn jener Henne behandeln, die goldene Eier legt. Ich habe Abigail einmal aufrichtig geliebt, und der Gedanke an das schmutzige Geld hatte

Ein Gentleman . . .

... braucht sich niemals darum zu sorgen, woher seine nächste Mahlzeit kommen wird; meint Onkel Horatio.

Es kommt wohl darauf an, was dieser Tausendsünder unter einem Gentleman und was er unter einer Mahlzeit versteht. Wobei angenommen werden darf, daß er an die Definition einer Mahlzeit strengere Maßstäbe legt.

Ein Gentleman ist jemand, der trotz Geld gut lebt. Was heißen soll, daß ein ordentliches Bankkonto die feinen Sitten nicht unbedingt verderben muß.

nicht das geringste mit meinen Gefühlen zu tun. Wir wünschten beide nichts weiter als eine kleine Wohnung, in der Abigail selbst kochen sollte. Dann wären wir an Sonntagen im Park spazierengegangen und alljährlich zu Ostern nach Aldermaston gefahren. Jedenfalls aber ist das alles aus und vorbei», beendete er seine Erinnerung und versetzte dem tausendseitigen Roman einen Tritt. «Jetzt hat sie sich mit jemand anderem aus dem Staub gemacht, und ich wünsche ihnen alles Gute.»

In dem folgenden Schweigen setzte sich Teddy wieder und sammelte finsteren Blickes die Seiten des Romans auf. Lord Brickwood starrte ihn an und blieb für die Länge einer Zigarre in Gedanken versunken.

«Teddy», verkündete er schließlich mit tiefer, feierlicher Stimme, «du hast völlig recht. Ja, absolut und unbedingt recht! Ich selbst bin leider so lange in den bitteren Gewässern des Geschäftslebens geschwommen, daß ich die Quellfrische meiner eigenen jugendlichen Ansichten vergessen habe. Ich habe heute morgen im Bad eine sehr ergreifende Erfahrung gemacht», fuhr er fort.

Teddy sagte nichts.

«In der Tageszeitung – nicht in der *Times*, sondern in der komischen Lord Choughs – war ein zu Herzen gehender Artikel dieses prachtvollen Professors Needler.»

«Needler!» Teddy ließ das Manuskript abermals fallen, daß es über den Boden flatterte.

Sein Onkel schlug die Zeitung auf, um Professor Needlers Militärhaarschnitt samt Brille unter der Überschrift «seid glücklich, sagt TV-Philosoph» zu enthüllen.

«Als du vorigen Sonntagnachmittag aus warst», nahm Lord Brickwood seine Ausführungen wieder auf, «spielte ich gelangweilt mit den Knöpfen des Fernsehapparats und stieß dabei auf ihn. Er hatte eben eine Theorie entwickelt, die er als die neue gebrauchsfertige Philosophie der sechziger Jahre beschreibt. Der Schmutz und die Gemeinheit des modernen Lebens kommen aus unserem eigenen Herzen. Wir wollen ihn hinauswerfen und nach den echten und schönen Dingen um uns Ausschau halten. Einer seiner Sätze blieb mir besonders im Gedächtnis haften – ‹Die reinen Quellen der Gerechtigkeit plätschern dicht unter unseren Füßen ewig in ihren zeitlosen Höhlen.› Bitte lach nicht, Teddy, ich meine es absolut ernst», sagte er beleidigt.

«Tut mir leid, Onkel. Es ist nur, weil ich – nun, ich war mit Professor Needler bekannt.»

«Da warst du ein vom Glück begünstigter junger Mann. Soviel ich entnehmen konnte, beginnt er damit eine umfassende neue Bewegung im ganzen Land. Prächtig, was man mit dem kleinen Kasten alles anfangen kann. Irgendwie müßte man aus dieser Idee Geld schlagen können», sagte er unklar und zündete sich seine Zigarre frisch an. «Jedenfalls hat mich Professor Needler zu dem Entschluß gebracht, ein neues Blatt zu beginnen. Ich bin noch immer ein energischer und intelligenter Mann voll einmaliger Ideen. Ich werde etwas tun, worauf ich mich nie zuvor eingelassen habe: Ich werde mir eine Anstellung suchen.»

«Ja, ja, Onkel. Als was denn?» fragte Teddy.

Lord Brickwood beschrieb einen weiten Bogen mit seiner Zigarre. «Ich darf in aller Bescheidenheit behaupten, ein Mann so vielerlei Talente und so verschiedenartiger Erfahrungen zu sein, daß ich beinahe jeder Position gerecht zu werden vermag. Ich habe heute morgen eine Anzeige in der Personalspalte einschalten lassen.»

Er reichte Teddy einen Zettel aus der Tasche seines Schlafrokkes, auf dem geschrieben stand:

«Mitglied des Oberhauses, mittleren Alters, angenehmes Äußeres, beste Manieren, langjährige Verwaltungserfahrung im In- und Ausland, sucht lohnende Beschäftigung. Pflichtbewußt, fleißig, anpassungsfähig, gesund, in Kunst und Sport bewandert, guter Redner, Führerschein, Humor, feste Hand für Geld.»

«Das Wort ‹Angelegenheiten› wurde hier nach ‹Geld› ausgelassen», bemerkte Lord Brickwood, der über Teddys Schulter mitlas. «Diese Anzeige wird mir einen Schwall von Zuschriften bringen. Ich werde mir einfach das höchste Gehalt aussuchen können und, sobald ich wieder auf eigenen Füßen stehe, auf Mrs. Prothero verzichten – das heißt, sie wird wahrscheinlich wollen, daß ich mich schon vor der Hochzeit irgendwo festlege –, ach, schau doch nach, wer an der Tür ist», unterbrach er sich wütend, als es läutete.

Auf dem Türvorleger stand George Churchyard.

«Was hast du mit Abigail getrieben?» herrschte Teddy ihn sofort an.

«Abigail? Ich habe nicht das geringste mit Abigail getrieben», erwiderte George schlagfertig. «Ich würde dir gern eine Bekannte vorstellen», fuhr er fort und gab den Blick auf ein schlankes Mädchen mit langem blondem Haar und einem Leopardenkostüm frei. «Morag und ich wollen uns als Innenarchitekten etablieren», erklärte er. «Aber es ist tatsächlich Abigail, weshalb ich hierher kam.»

«Vielleicht möchtest du mich mit deinen Freunden bekannt machen», unterbrach Lord Brickwood aufgeräumt. «Ich muß mich für mein *déshabillé* entschuldigen», sagte er zu Morag und wies auf seinen Morgenrock, während Teddy ihn vorstellte. «Aber ich wurde leider nicht dazu erzogen, zu so früher Morgenstunde dem Ernst des Tages ins Auge zu blicken.»

«Die Drachen wirken hinreißend männlich», murmelte Morag.

«Finden Sie?» fragte Lord Brickwood sichtlich erfreut.

«Beinahe schon barbarisch, Herzchen.»

«Was soll das Gerede um Abigail überhaupt?» fuhr Teddy ungeduldig dazwischen. «Ich dachte, du seist mit ihr durchgebrannt?»

«Ich? Sei kein Narr!»

«Ich habe keine Silbe mehr von dir gehört, seit du dich auf den Weg gemacht hast, um Fabian aufzusuchen –»

«Ich hatte leider kaum Gelegenheit, mit ihm über die Angelegenheit zu sprechen», gestand George verlegen. «Er ist irrsinnig beschäftigt, weißt du? Telefonanrufe und Sekretärinnen schwirren nur so durch sein Büro. Ich will dir alles erzählen, was sich zugetragen hat. Obwohl ich es für besser halte, mich zuerst zu setzen», ergänzte er praktisch.

George Churchyard berichtete über seine Reise auf der *Snowdonia*, ohne Mervyn zu vergessen.

«Ich bin erst gestern in Southampton angekommen und war seither vollauf damit beschäftigt, mir zu meinem Überleben zu gratulieren», schloß er. «Und ich hätte bestimmt nicht überlebt, wenn Morag nicht ab und zu in diesen infernalischen Geschirrspülraum hinuntergekommen und mir ein paar Zigaretten und hie und da eine Flasche Bier gebracht hätte.»

«Ich kam mir genau wie Elizabeth Fry in jenen Gefängnissen vor, Herzchen», hauchte Morag und steckte eine Zigarette in ihre sonderbare Zuckerzange.

«So... Was glaubst du, soll ich jetzt tun?» fragte Teddy niedergeschlagen. Die Gedanken wirbelten durch seinen Kopf, der sich wie ein Spinnrad drehte.

«Mein lieber Junge, das ist höchst einfach», mengte Lord Brickwood sich lebhaft ein. «Dieser Strolch Mervyn hat dir eindeutig die Liebe des Mädchens gestohlen. Am besten, du schießt gleich los und stiehlst sie dir wieder zurück.»

«Ich – ich weiß nicht, ob ich das kann», sagte Teddy unentschlossen.

«Ach, wach doch endlich auf, Teddy!» Onkel Horatio stampfte auf. «Ständig lese ich in den Zeitungen, daß die gesamte Jugend Englands eine Meute Liebestoller ist. Ich kann bloß sagen, es ist höchste Zeit, daß du bei dem Spaß mittust.»

«Na schön!» Teddy sprang auf. Er warf sich in die Brust, daß er beinahe abermals seine Rückenwirbel brach. «Ich werde auf der Stelle zum Berkeley Square fahren. Bloß –» er zögerte – «ich glaube, ich habe kein Geld für das Taxi und einen Blumenstrauß.»

«Herrgott, Junge! Da kann ich dir doch aushelfen. Oder vielleicht borgt dir dein Freund hier das nötige Kleingeld», sagte Onkel Horatio und suchte in den Taschen seines Morgenrocks. «Ich hatte noch keine Gelegenheit, zur Bank zu gehen.»

«Ich benutze den Bus», erklärte Teddy kurz. «Jawohl, augenblicklich gehe ich –»

«Einen Moment, mein Junge.» Lord Brickwood hob die Hand. «Fern sei es mir, in diesem Augenblick deinen überaus natürlichen Eifer zu dämpfen, aber meiner Meinung nach stattet kein Gentleman einer Dame vor zehn Uhr vormittags einen Besuch ab, unter welchen Umständen immer. Wir haben alle eine anstrengende *quart d'heure* hinter uns, und eine Tasse Kaffee täte uns nicht schlecht, wie? Ich werde euch Jungen hierlassen, damit ihr die Lage noch gründlicher durchsprecht, falls diese bezaubernde junge Dame mich in die Küche begleiten und den Kaffee bereiten würde? Unser Personal befindet sich unglücklicherweise eben auf Osterurlaub...

Sie interessieren sich für Innenarchitektur, wie ich höre?»

fragte Lord Brickwood Morag, sobald sie allein in der Küche waren.

«Ja, maßlos», erwiderte sie und kratzte die Überreste aus zwei oder drei Dosen Löskaffee zusammen.

«Aber wie reizend! Ich finde, erst die Einrichtung macht das Heim, nicht wahr?»

«Völlig richtig, Herzchen.»

«Diese Wohnung –» Lord Brickwood blickte sich kritisch um. «Das *décor* ist, wie ich sofort sagen möchte, nicht mein Geschmack. Aber Sie mit Ihren erfahrenen Augen können sehen, daß es dringend einer Überholung bedarf.»

«Eine richtige Ruine», pflichtete Morag ihm bei und ließ den Kessel nicht aus den Augen.

«Es wäre so nett», schlug Lord Brickwood vor, «wenn Sie dieser Wohnung vielleicht Ihre Aufmerksamkeit zuwenden wollten? Obwohl Ihre Honorare bestimmt sehr hoch sind?»

«Exorbitant, Herzchen.»

«Aber mir war nie leid um Geld, das ich für den besten Rat, den man bekommen kann, ausgebe. Könnten Sie eines Tages allein vorbeikommen und mir einen Kostenvoranschlag erstellen?»

«Vielleicht», nickte Morag und drehte das Gas ab.

«An einem Abend?» schlug Lord Brickwood vor und schob sich längs des Herdes näher.

«Kann sein, Herzchen.»

«Wissen Sie», sagte er unter heftigem Atmen, «daß ich Sie ungemein anziehend finde?»

«Und Sie», flüsterte Morag, «erwecken in mir ein ganz, ganz sonderbares Gefühl.»

«Und zwar?» fragte Onkel Horatio mit hochgezogenen Augenbrauen.

«Übelkeit», schnurrte Morag, hob das Tablett auf und begab sich in den Salon.

19

«Hallo, Abigail», sagte Teddy Brickwood.

«Hallo, Teddy», erwiderte Abigail.

Er hatte sie allein in dem riesigen Salon der elterlichen Wohnung angetroffen, in dem die kostspieligen Aufmerksamkeiten von Morags Freunden verschwenderisch verstreut lagen.

«Ich habe dich längere Zeit nicht gesehen», fuhr Teddy fort.

«Ja», pflichtete Abigail ihm bei.

Stille.

«Ich war verreist», erklärte sie.

«Ich – ich hoffe, du hattest schönes Wetter?» erkundigte er sich.

«Ja», berichtete Abigail ihm, «ziemlich schön.»

Teddy schlenderte ein wenig zwischen den Möbelstücken umher.

«Abigail», begann er unvermittelt, «weißt du, daß ich aus Oxford hinausgeflogen bin?»

Sie nickte. «Die Zeitungen erwähnten es.»

«Aber das wird nichts an meinem Leben ändern», erklärte er mannhaft. «Ich werde einen Posten annehmen und wie ein Irrer schuften und mich bis an die Spitze vorarbeiten, glaub mir.»

«Davon bin ich überzeugt, Teddy», versicherte Abigail, die mit ihrer Schuhspitze kleine Muster in den Teppich zeichnete.

«Ich habe die Absicht, in kürzester Zeit so weit zu sein, daß ich einem Mädchen ein zwar bescheidenes, aber trotzdem ausreichendes und liebevolles Zuhause bieten kann.»

Abigail nickte.

«Ach, Abigail!» Er setzte sich rasch auf die Armlehne ihres Stuhls. «Ich verstehe gar nicht, wie ich mich wegen dieser blöden Fische so völlig vernagelt und scheußlich benehmen konnte.»

«Du irrst dich, Teddy», erwiderte sie langsam. «Ich war es, die sich unverzeihlich benahm. Jedenfalls bin ich heute der Meinung, daß es wirklich ganz reizende Fische waren.»

«Nicht daß es heute noch die geringste Rolle spielte», setzte Teddy entschlossen fort. «Ich habe mich von ihnen getrennt. Aber Abigail – wie du mir gefehlt hast!»

«Ach, Teddy! Und du mir erst!»

«Es ist wundervoll, wieder mit dir beisammen zu sein, Abigail!»

«Ich fühle wie du, Teddy.»

«Abigail, wir zwei könnten doch sicher –»

Die Tür öffnete sich.

«Das ist Mr. Mervyn Spode», sagte Abigail, «mein Verlobter.»

Teddy sprang auf. Ihm war, als hätte man ihm sämtliche Gelenke aus dem Körper gezogen und an ihrer Stelle Plastilin eingesetzt. Der Raum bebte und verdunkelte sich um ihn wie das Fernsehen bei einem Gewitter. Sein Mund klappte auf, und in seinen Ohren dröhnte es wie von Professor Needlers reinen Quellen der Gerechtigkeit, die dicht unter seinen Füßen in ihren zeitlosen Höhlen plätscherten. Als sich sein Blick langsam klärte, gewahrte er vor sich eine schlanke, blasse, blondhaarige Gestalt in lavendelblauem Sportanzug.

«Recht guten Tag», begrüßte Mervyn Spode ihn. «Ich wußte nicht, daß du Besuch hast, mein Engel.»

«Das ist Teddy Brickwood», stellte Abigail ihn tonlos vor. «Mr. Brickwood», erklärte sie ihrem Verlobten, «ist ein sehr guter alter Freund. Der Familie», setzte sie hinzu.

«Jeder deiner alten Freunde ist auch der meine, mein Täubchen», lächelte Mervyn Spode, und sein Händedruck war feucht. «Wie freundlich von Ihnen, Mr. Brickwood, uns so bald schon einen Gratulationsbesuch abzustatten. Im Augenblick ist alles noch ein süßes Geheimnis. Mein kleiner Liebling hielt es für besser, uns die Zeitungshyänen noch für einen oder zwei Tage vom Leibe zu halten. Aber morgen wird die Neuigkeit in den Abendblättern stehen», ergänzte er zufrieden und bediente sich aus der Zigarettendose.

«Ich freue mich sehr», gelang es Teddy mit steifen Lippen zu sagen.

«Aber mein lieber Mr. Brickwood – ich darf ihn sicherlich Teddy nennen, mein Herzchen, wie? –, auch Sie werden eine jener kleinen silbergerandeten Einladungen in die St. Georgskirche bekommen und anschließend ins *Dorchester* – ich, Sydenham», unterbrach er sich und warf sich ziemlich dekorativ auf das Sofa, als der Butler in gestreiften Hosen eintrat. «Besorgen Sie mir etwas zum Frühstück, ja? Eier mit Speck und ähnliches.»

«Das Frühstück wurde leider bereits serviert, Sir.»

«Nun, dann werden Sie es nochmals servieren müssen, nicht wahr?» versetzte Mervyn mit frostigem Lächeln. «Sie können doch wahrlich nicht erwarten, daß ich beim ersten Morgengrauen aus dem Bett springe, nur um meinem Personal die Arbeit zu erleichtern. Oh, und Sydenham –»

«Sir?»

«Ich hätte gern ein anderes Zimmer. Die Straßenseite ist wahnsinnig laut. Der gesamte Verkehr braust an der Ecke vorbei, und die Taxis bahnen sich nachts ihren Weg scheinbar mit der Hupe.»

«Ich will sehen, was sich machen läßt, Sir.»

«Gut.» Mervyn entließ ihn mit einem Kopfnicken. «Ich wohne bei meiner Verlobten, während meine Wohnung in Chelsea neu hergerichtet wird», fuhr er in Teddys Richtung fort. «Deshalb mußte ich ja auch London für zwei Wochen mit dieser Kreuzfahrt verlassen. Und natürlich wegen meiner Gesundheit», sagte er rasch und hüstelte. «Aber wissen Sie, daß ich Abigail gar nie kennengelernt hätte, wenn ich nicht durch einen reinen Zufall mit diesem Schiff gereist wäre, Teddy?»

«Nein?» fragte Teddy dumpf.

«Und dabei war es Liebe auf den ersten Blick. Nicht wahr, mein Herzblatt?»

«Ja», sagte Abigail.

Es wäre bedeutend nützlicher und der Sicherheit von Seereisen unvergleichlich zuträglicher, wenn man am Heck der Ozeandampfer nicht die ziemlich überflüssige Warnung «Nicht zu nahe an die Schiffsschrauben herangehen» anbrächte, sondern statt dessen eine Inschrift wie etwa «Sagen Sie nie ja, ehe Sie wieder an Land sind». Abigail stand spätabends auf dem Schiffsdeck, als die *Snowdonia* endgültig zur Heimfahrt in den englischen Kanal geschwenkt hatte. Es war eine wunderbare Nacht, die Sterne funkelten wie auf allerhöchsten Befehl, und bei dem sanften Gemurmel der Wellen, die an die Schiffswand schlugen, und der warmen Brise, die ihr durch das Haar strich, hatte Abigail ohne zu zögern ja gesagt, als Mervyn sie um ihre Hand bat.

In den vierundzwanzig Stunden jedoch, seit denen sie Mervyn auf dem Festland kannte, hatten sich gewisse Zweifel in die Seele des Mädchens eingeschlichen. Es war nicht so sehr, daß er Schuhe mit dicken Sohlen trug. Schließlich, sagte sie sich gerechterweise, können nicht alle Männer geborene Riesen sein. Und wenn er ziemlich auffallend nach Kölnischwasser duftete, so nahm sie an, daß sich heutzutage viele Männer ein wenig mit Rasierwasser betupften. Daß Mervyn zu ihr auf den Berkeley Square gezogen war, überlegte sie, bewies bloß, daß seine grenzenlose Liebe ständig ihre Gegenwart suchte. Und wenn er den Butler ein wenig herumkommandierte, so gab sie zu, daß selbst die besten Bediensteten eine straffe Führung brauchten.

Abigails größte Sorge war es, daß ihr Verlobter von ihrer Familie nicht eben begeistert aufgenommen wurde. Sie war sich natürlich bewußt, daß diese Schwierigkeit bei Verlobten nur zu häufig auftauchte, und sie konnte Mervyn nicht ihre Bewunderung dafür versagen, wie er eine gewisse Kühle des Empfangs einfach übersehen hatte. Aber sie selbst hatte die Spannung empfunden. Besonders, als ihr Vater sie beiseite genommen hatte, um ihr zu sagen, daß er entschlossen sei, am Tag ihrer Hochzeit Mervyn, sie, sich selbst und, wenn es ihm in den Kram paßte, auch gleich den Geistlichen zu erschießen.

«Wir werden am 30. Juli heiraten», plauderte Mervyn weiter, entnahm der neben ihm stehenden Vase eine Nelke und steckte sie sich ins Knopfloch. «Ich bin ganz sicher, daß die Zeitungen das Ereignis als die Hochzeit des Jahres schildern werden.»

«Die hat es ja schon immer werden sollen», erwiderte Teddy flau.

«Die Flitterwochen, mein Schätzchen», fuhr Mervyn zu Abigail gewandt fort, «könnten wir, denke ich, äußerst angenehm in der Villa deines Vaters in Malaga verbringen. Ich will keinen großen Aufwand, verstehst du? Bloß ein paar schlichte Wochen, die wir beide ungestört beisammen sind.»

«Ja», sagte Abigail.

«Ich habe mir bereits die Frage unseres ständigen Wohnsitzes in London überlegt.» Mervyn legte nachdenklich die Füße auf den Teetisch. «Ich glaube, irgendwo aufgeschnappt zu haben, daß dein Vater in Knightsbridge ein Haus gemietet hat. Das würde mir vortrefflich zusagen. In der Nähe des West Ends und mit genügend vielen Räumlichkeiten, um alle meine Freunde einzuladen. Meine Arbeit hängt natürlich ungemein von den richtigen

Verbindungen ab. – Müssen Sie schon gehen?» fragte er, als Teddy sich erhob.

«Ich werde zu Hause von einem Verwandten erwartet», murmelte Teddy.

«Besuchen Sie uns wieder. Sooft Sie Lust haben.»

«Ja, sicher. Leb wohl, Abigail.»

«Leb wohl, Teddy.»

Sie schüttelten sich die Hände und blickten einander tief in die Augen.

«Ich nehme an, Sie kennen den Weg?» erwähnte Mervyn nervös, als sie gute fünf Minuten so gestanden hatten.

«Äh? O ja. Guten Tag.»

Teddy ging, ohne sich noch einmal umzusehen. Er schleppte sich mit schweren Schritten die Treppe hinunter und durchquerte eben die Halle, als sich die Haustür öffnete und Fabian Fitzhammond hereineilte.

«Teddy!» japste er. «Gott sei Dank! Hast du ihn erschossen?»

«Oh, hallo», grüßte Teddy lustlos.

«Oder ihm zumindest schwere Verletzungen beigebracht, hoffentlich dort, wo sie am schmerzhaftesten sind, dieser Landplage Spode?»

Teddy zuckte die Achseln. «Wenn er der Mann ist, den Abigail haben will», sagte er, «kann ich den beiden nur Glück wünschen.»

«Aber, verdammt noch einmal, sie muß nicht recht bei Trost gewesen sein! Verrückt! Da fällt mir ein –» er griff nach dem Telefonhörer. «Weißt du, daß dieser Kerl ein Bankrotteur ist, der seine Schulden nie abbezahlt hat?» sprach er weiter mit Teddy, während er eine Nummer wählte. «Antiquitäten in der Kings Road. Ein sehr dunkles Geschäft, wenn man es höflich nennen will. Vater hat Nachforschungen über ihn angestellt, und er ist wütend. Er hat die Hälfte der Reedereiangestellten hinausgeworfen und bei sämtlichen elektronischen Rechenmaschinen einen Kurzschluß angerichtet. Dieser Spode kann ja mit einem feinen Speisenzettel aufwarten – unbezahlte Rechnungen, Nudistenorgien, er war oft knapp am Rande des Betrugs. Der Teufel weiß, wie er dem Kittchen bisher ausweichen konnte. Und von den Frauen ganz zu schweigen. – Hallo? Hier ist Mr. Fabian. Kann ich meine Sekretärin sprechen? Sind Sie's, Janet? Haben Sie die Informationen bereits? Hmm... Ja... Die *Quantock*, sagen Sie? Wie alt ist der Dampfer? Vorkriegszeit? Gut. Frisch aus der Mottenkiste? Ausgezeichnet. Welchen Bestimmungshafen hat er? Über den Persischen Golf nach Neuguinea. Dort gibt es noch Kopfjäger. Wie lange bleibt er von England fort? Jeweils zwei Jahre. Prächtig! Läuft heute abend aus? Schreiben Sie sofort dem Schiffsverwalter, und Kapitän Kettlehorn hat den Befehl zu übernehmen.»

«Wenn Abigail Mervyn liebt –» setzte Teddy an, sobald Fabian Fitzhammond den Hörer aufgelegt hatte.

«Ihn liebt? Ich wette, sie liebt ihn nicht mehr als sie Sydenham liebt.»

«Aber wenn sie ihn nicht wirklich gern hat», folgerte Teddy nachdenklich, «ließe sich die ganze Sache doch bestimmt leicht rückgängig machen? Unsere Verlobung haben wir doch auch ohne jede Schwierigkeit gelöst.»

Fabian lachte höhnisch auf. «Da kennst du den Gauner schlecht. Den wirst du nicht mit einem Sturmtrupp und Flammenwerfern los. Könntet ihr beide nicht durchbrennen? Wir würden es euch kinderleicht machen. Sydenham könnte euch die Leiter halten, und ich borge dir meinen Maserati. Wohin, zum Teufel, bringen Sie denn das alles?» fragte er, als Sydenham mit einem vollen Servierbrett erschien.

«In den Salon, für Mr. Spode, Sir. Es ist sein Frühstück.»

«Frühstück? Frühstück? Um diese Zeit?»

«Mr. Spode hat es ausdrücklich bestellt, Sir.»

«Nein, wie reizend!» Fabian packte das Tablett. «Ich will Mr. Spode lieber persönlich das Frühstück kredenzen, Sydenham. Es wird mir eine besondere Freude sein, ihm zu sagen, was er damit tun kann.»

20

«Mein lieber Teddy!» rief Lord Brickwood, als sein Neffe wieder auf dem Eaton Square eintraf. «Ich möchte dir gern zwei neue Freunde vorstellen.»

Sein Onkel war nun vollkommen angezogen und hatte im Salon der Wohnung einen kleinen dicken Mann in einem braunen Anzug und eine kleine, noch dickere Frau in einem Nerzumhang und einem mit rosa Rosen garnierten Hut untergebracht. Teddy musterte sie ohne jede Begeisterung. Abgesehen von allem anderen, hatte er unterwegs ungemein heftig nachgedacht und wollte nun dringend ungestört mit seinem Onkel sprechen.

«Mr. und Mrs. Bliss», fuhr Lord Brickwood fort, «aus Bacup.»

«Guten Tag», sagte Teddy höflich, als Onkel Horatio Mr. Bliss die Zigarrendose reichte.

«Ich bitte um Vergebung, daß ich Ihnen keine dieser frühen Morgenstunde entsprechende Erfrischung anbieten kann», sagte Lord Brickwood zu seinen Gästen. «Seit unser ausgezeichneter Butler durch die Krankheit seiner alten Eltern abberufen wurde, ist unser Haushalt ein wenig aus den Fugen. Der arme Teufel, ich konnte ihm die Bitte wirklich nicht abschlagen. Er ist ihr einziger Sohn.»

Mrs. Bliss zog die Schultern hoch und schürzte die Lippen. Die Situation schien sie zu einer Bemerkung zu reizen.

«Blut ist dicker als Wasser, sage ich immer», ließ sie verlauten.

«Ganz richtig», nickte Lord Brickwood. «Mr. und Mrs. Bliss haben mich auf Grund meiner Anzeige aufgesucht», setzte er Teddy auseinander. «Sie erlauben mir doch, ganz offen vor meinem jungen Neffen zu reden, nicht wahr? Er ist mein Privatsekretär. Mr. und Mrs. Bliss», fuhr er fort und reichte seinem Besucher Feuer, «haben letzten Winter besonderes Glück gehabt. Dank seines Fleißes und der Sachkenntnis, die er sich im Laufe der Jahre mühsam erworben hat, gelang es Mr. Bliss endlich, die finanzielle Anerkennung seiner Ausdauer zu erlangen. Mr. Bliss», erläuterte Onkel Horatio weiter und sog an seiner Zigarre, «hat zu meiner größten Freude eine Prämie von jener ausgezeichneten Einrichtung erhalten, die im ganzen Land ohne Unterschied in prunkvollen ebenso wie in bescheidenen Häusern dem Feuer der Hoffnung stets neue Nahrung gibt. Ich spreche natürlich vom Fußballtoto. Zweihunderttausend Pfund –»

«Zweihundert-und-vierzigtausend», gab Mr. Bliss zu und rutschte verlegen auf dem Sofa hin und her.

«Von denen ich Ihnen jeden einzelnen Penny gönne», sagte Lord Brickwood offen. «Meiner Ansicht nach ist dieses Fußballtoto genau das richtige Mittel, um das Vermögen in unserem Land neu zu verteilen. Und obendrein birgt es um so viel mehr Spaß als der Sozialismus. Sie werden bemerken, daß ich ein von jedem Vorurteil freier, demokratisch denkender Mensch bin. Wie ich immer behaupte, plätschern die reinen Quellen der Gerechtigkeit dicht unter unseren Füßen ewig in ihren zeitlosen Höhlen.»

«Mylord –» begann Mr. Bliss.

«Nennen Sie mich doch Horatio! Edgar und Sal, stimmt's?»

«Wir sind natürlich ganz einfache Leute, Horatio. Arm waren wir ja nie. In Bacup kennen mich die Leute vom Baufach alle.»

«Im Baufach sind Sie?» Lord Brickwoods an sich schon strahlendes Gesicht erhellte sich noch mehr. «Ich habe zu meiner Zeit viele ungemein fesselnde Grundstückspekulationen durchgeführt», sann er vor sich hin. «Im Augenblick habe ich ein Riesenprojekt im Fernen Osten an der Hand. Vielleicht wollen Sie später Näheres darüber erfahren, bloß aus Interesse.»

«Ich hab den Abschnitt, auf dem ‹Geheimhaltung› steht, angekreuzt», erklärte Edgar. «Sal und ich haben uns gesagt, wir verraten in Bacup kein Wort nich von dem Gewinn, bis wir sich quasi eingelebt haben. Aber leid hat's uns getan, daß wir nich im Fernsehen aufgetreten sin und so, das kann ich Ihnen schon sagen.»

«Ein bewundernswerter Beweis der Selbstüberwindung.»

«Und der Mann vom Toto hat uns gesagt, wir sollen sich in acht nehmen vor die Gauner. Daß sie uns nicht hineinlegen.»

Sal bereitete sich wieder zu einem ihrer Sprüchlein vor. «Ein Narr ist sein Geld rasch los, sage ich immer», meinte sie.

«Nämlich wir wollten sich nicht blamieren, wenn wir jetzt unter die feinen Leute kommen», erklärte Edgar. «Wir haben sich gedacht, einer soll uns ein bißchen Benehmität beibringen, oder so. Uns mit die richtigen Leute bekannt machen. Deshalb sin wir eigens nach London gekommen.»

«Und Sie sind genau an der richtigen Adresse gelandet», versicherte Lord Brickwood ihnen sonnig. «Was ist denn nur los, Teddy? Du weißt doch, daß man in Gesellschaft nicht ständig schnauft und zischt!»

«Onkel, ich muß dich sprechen», drängte Teddy, der seit Minuten unruhig von einem Fuß auf den anderen gehüpft war und versucht hatte, sich in das Gespräch zu drängen. «Allein.»

«Was fällt dir ein!» Onkel Horatio musterte ihn hochmütig durch sein Monokel. «Begreifst du nicht, daß es höchst ungezogen wäre, unsere reizenden Gäste sich selbst zu überlassen? Sie dürfen sich mit dem größten Vertrauen meiner Führung überlassen», setzte er sein Gespräch mit den Blisses fort. «Ich schlage vor, daß wir gleich damit beginnen, heute bei meinem guten alten Freund, dem Grafen von Thanet, zu Mittag zu essen.»

«Dem Grafen von Thanet?» rief das Pärchen und richtete sich steil auf. «Sie meinen, daß Sie ihn kennen? So ganz persönlich?» fragte Edgar.

«Aber sicher kenne ich ihn so ganz persönlich», strahlte Onkel Horatio. «Tom Thanet und ich waren als Kinder die dicksten Freunde. Wie viele Wochenenden habe ich seine herzliche Gastfreundschaft in Cheevers genossen! Obwohl heutzutage natürlich beinahe das ganze Land den alten Tom kennt», kicherte er.

Der Graf von Thanet ist einer jener volkstümlichen Adeligen, die die Pforten ihrer Landsitze sperrangelweit öffnen, immer wieder im Fernsehen erscheinen und bei Hundeschauen und Schönheitswettbewerben in der Jury sitzen.

«Haben Sie einen Wagen, Edgar? Prächtig. Mein Rolls ist im Augenblick beim Service. Wir können mühelos zum Mittagessen in Cheevers sein. Sicher wird Tom Ihnen seine Gemälde zeigen wollen. Er besitzt eine ganze Reihe von van Dycks, van Goghs, Cézannes, Constables, Goyas, El Grecos und so weiter und wird Ihnen einige seiner besonders interessanten Schätze vorführen. Ich erinnere mich bis heute an eine Rüstung, die einer seiner Vorfahren bei der Schlacht von Blenheim trug. Teddy, ich *flehe* dich an, hör endlich mit diesen unmöglichen Geräuschen auf!»

«Glauben Sie wirklich, daß wir einfach so hingehn können –» fragte Edgar unsicher.

«Ich brauche Tom bloß anzurufen, und ich weiß, daß er entzückt sein wird. Sie werden sehen, daß er ein ungemein gewinnendes Wesen hat.»

«Ein gutes Herz –» begann Sal.

«Ist mehr wert als eine Krone», ergänzte Lord Brickwood. «Wie recht Sie doch haben! Teddy, ich werde dich bitten müssen, den Salon zu verlassen.»

«Onkel Horatio –» Teddy blinzelte ihm zu. «Ich muß dich unbedingt sofort unter vier Augen sprechen. Es handelt sich um den *Trafalgar Club.*»

Lord Brickwood fiel das Monokel aus dem Auge. «Oh, natürlich, natürlich», sagte er sofort. «Ich war einmal Mitglied dieses Clubs», erläuterte er. «Wenn Sie uns bitte für eine Sekunde entschuldigen wollten... Also, was ist los, zum Teufel?» fragte er, als sie im anschließenden Speisezimmer allein waren.

«Eigentlich ist es gar nicht wegen des *Trafalgar Clubs*», gestand Teddy sofort.

«Warum hast du mich dann so erschreckt, du Landplage? Weißt du nicht, daß meine Nerven in letzter Zeit bereits zum Zerreißen gespannt sind?»

«Es handelt sich um Abigail.»

Im Bus, der ihn vom Berkeley Square nach Hause brachte, hatte Teddy sich zu einem schwerwiegenden Entschluß durchgerungen. Wenn Onkel Horatio auch zugegebenermaßen seine Fehler hatte, so war er doch genau der richtige Mann, hatte Teddy überlegt, der einen Plan auszuhecken imstande war, um Abigail von dem abscheulichen, bleichgesichtigen, pomadisierten, gezierten, lavendelblau gekleideten, parfümierten Schwert des Damokles zu befreien, das so drohend über ihr schwebte.

«Weißt du, Abigail –» begann er.

«Abigail? Hast *du* dich mit dem Mädchen nicht ausgesöhnt?» fragte sein Onkel gereizt.

«Ich brauche deinen Rat –»

«Mein lieber Junge, ich habe dich wegen Abigail bereits wie einen Packesel mit Ratschlägen beladen. Du kannst wirklich nicht voraussetzen, daß ich mich im Augenblick mit diesen Dingen befasse.»

«Aber, Onkel!» sagte Teddy enttäuscht. «Die Lage hat sich entsetzlich zugespitzt, und du bist der einzige –»

«Auf unserem Horizont zeichnen sich andere und leuchtendere Sterne ab», unterbrach Lord Brickwood ihn bereits freundlicher. «Zugegeben, die Blisses entsprechen nicht genau meiner Vorstellung von Zechbrüdern, und sie kommen aus diesem komischen Ort, der wie eine Verdauungsstörung klingt –»

«Onkel», warf Teddy streng ein, «du wirst nichts tun, was auch nur im mindesten anrüchig ist.»

«Anrüchig?» Onkel Horatio sah ehrlich verletzt drein. «Es schmerzt mich, das sagen zu müssen, Teddy, aber du entwickelst dich zu einem rechten Spießer. Außerdem haben mir sonst bloß zwei Geldverleiher auf meine Anzeige geantwortet und irgendwelche Leute, die mir zumuten, von Tür zu Tür Lexika zu verkaufen. Ich! Als Hausierer! Es ist unfaßbar!»

«Du willst jene Leute also wahrhaftig deinem Freund, dem Grafen von Thanet, aufdrängen?»

«Aber ich kenne ihn doch überhaupt nicht», gab Lord Brickwood gelassen zu und nahm einen Prospekt vom Eßzimmertisch. «Diese Neureichen werden jedoch selig sein, wenn sie glauben, daß ich ihn kenne. Mit einiger Geschicklichkeit wird es mir gelingen, in Cheevers unbemerkt Eintrittskarten zu kaufen, und dann werde ich sagen, es sei irgendein Mißverständnis unterlaufen, und wir werden im Selbstbedienungsrestaurant zu Mittag essen. Wie ich höre, ist das Essen in seiner Art ausgezeichnet. Im Prospekt steht, daß der Graf am Nachmittag erscheint, um sich mit seinen Besuchern zu unterhalten. Schließlich kann die breite Masse jederzeit Gemälde in der Nationalgalerie anglotzen, aber einen leibhaftigen Grafen vor sich zu haben, ist eben doch reizvoller. Bei dieser Gelegenheit wird es mir ein leichtes sein, den Eindruck der engsten Vertrautheit zwischen ihm und mir zu erwecken. Ich bin überzeugt, daß der Ausflug ihr Vertrauen in mich ungemein vertiefen wird. Wir dürfen nicht vergessen, die zweite Kartenhälfte aufzubewahren», sagte Lord Brickwood, der den Prospekt durch sein Monokel hindurch betrachtete, «damit hat man ermäßigten Eintritt in Woburn.»

«Onkel», erklärte Teddy entschieden, «du bist verrückt.»

«Junger Mann, du wirst mich bald dazu zwingen, dir ein wenig Respekt beizubringen. Wir dürfen unsere Gäste nicht länger vernachlässigen», setzte Lord Brickwood hinzu und ging zur Salontür. «Sie sind ein wenig gehemmt und könnten sich leicht hinter unserem Rücken verdrücken. Ich bitte tausendmal um Entschuldigung», rief er den Blisses zu. «Ich habe die Unterbrechung gleich dazu benutzt, um Tom anzurufen. Sie werden von Cheevers begeistert sein. Es liegt am Rande der berühmten North Downs, ist leicht von London aus zu erreichen und bietet seinen Gästen prächtige Ausblicke und jede Annehmlichkeit. Nachher ...» Er beschrieb einen weiten Bogen mit seiner Zigarre. «Die gesamte Londoner Saison liegt vor uns, vielversprechend wie ein Dutzend ungeöffneter Austern. Ascot, Henley, Eton und Harrow, Glyndebourne, Cowes ... Wir werden uns alles zu Gemüte führen. Gemeinsam.»

«Von wegen dem Honorar, Mylord – wollt sagen, Horatio», murmelte Edgar, während Teddy wieder unruhig von einem Bein aufs andere trat. «Wenn Sie so freundlich wären, mir einen Voranschlag –»

Lord Brickwood hob abwehrend die Hand. «Darüber können wir uns später immer noch unterhalten. Kein Gentleman, glaube ich, spricht vor dem Mittagessen von Geldangelegenheiten.»

«Sie können sich darauf verlassen, daß es mir nicht drauf ankommen soll.»

«Ich bin überzeugt, daß Sie sich mehr als großzügig erkenntlich zeigen werden», strahlte Lord Brickwood ihn an. «Sind Sie schon jemals im Buckingham-Palast gewesen?» fragte er geheimnisvoll. «Aber jetzt müssen wir wohl aufbrechen – ach, sieh doch nach, wer an der Tür ist, Teddy. Und sag, daß ich nicht zu Hause bin.»

«Schon recht», erwiderte Teddy kurz.

Draußen stand die Frau von den Stiegen des *Trafalgar Clubs*. Um ihre Schultern hing unverändert das räudige Hundefell.

«Lord Brickwood ist nicht zu Hause», nahm sie ihm sofort mit gewinnendem Lächeln das Wort aus dem Mund.

«Leider ist er wirklich –»

«Der gute alte Waffles! Er hatte immer eine besonders tragende Stimme. Wie oft hat ihn das bei Hoteldirektionen in Schwierigkeiten gebracht. Ich möchte ihn sprechen, bitte.»

«Er ist eben im Begriff auszugehen», sagte Teddy hastig.

«Ein Grund mehr, daß ich gleich mit ihm spreche», fuhr sie mit ihrem reizenden Lächeln fort. «Denn es ist kaum anzunehmen, daß er jemals wiederkehren wird.»

«Wenn Sie es wünschen, sage ich ihm, daß Sie hier sind», gab Teddy nach.

«Ich bitte darum», lächelte sie abermals. «Wenn er davon nicht sehr erbaut ist, erwähnen Sie einfach King's Lynn.»

«Onkel, eine Miss Norrimer möchte dich sprechen», verkündete Teddy im Salon. «Wegen King's Lynn.»

«King's Lynn!» Lord Brickwoods Monokel entglitt abermals seinem sich schreckhaft weitenden Auge. Seine Wangen, die eben noch rosig wie ein geräucherter Lachs geglüht hatten, erblaßten zur Farbe eines tiefgekühlten Dorsches. «Allmächtiger ... ich ... Eine Dame, die Schreibarbeiten für mich erledigt», erklärte er den Blisses. «Ich bereite ein Buch über englische Urlaubsorte vor, wissen Sie. Die Regierung hat mir diese Aufgabe förmlich aufgezwungen. Der King's Lynn-Bezirk ist ganz besonders verzwickt, und wenn Sie mir gestatten würden, mich einige Augenblicke allein mit ihr über die Korrekturen zu unterhalten, ehe wir nach Cheevers aufbrechen ... Das ist höchst einsichtsvoll von Ihnen», ergänzte er, als sich die Blisses taktvoll erhoben. «Die Druckerei wartet natürlich schon auf das Manuskript, wie immer. Teddy, führe bitte unsere Gäste ins Speisezimmer. Und komm um Gottes willen zurück», flüsterte er ihm zu. «Ich sage kein Wort ohne einen Zeugen.»

«Ein liebenswürdiger Mann, dieser Lord Brickwood», bemerkte Edgar, als Teddy die beiden hinausdrängte.

«Er hat eine gewinnende Art», nickte Teddy.

«Ich hoffe nur», tuschelte Edgar Teddy zu und warf einen verstohlenen Blick auf den Rücken seiner besseren Hälfte, «daß er mir was vom süßen Leben zeigt, Sie verstehen?»

«Ich bin überzeugt, daß er Ihnen was vom süßen Leben zeigt», versicherte Teddy und schloß die Tür.

«Meine liebe Elaine, du hast dich nicht um ein Haar verändert», begrüßte Lord Brickwood seinen neuen Gast. «Welche Rolle spielst du gegenwärtig?»

«Die Wirtin einer Pension in Kensington», erwiderte sie freundlich. «Das tue ich bereits seit zehn Jahren.»

«Du bist nicht mehr am Theater?» Er schüttelte wehmütig den Kopf. «Nein, welcher Verlust für die Bühne! Ich freue mich unsagbar, daß du dir die Mühe machtest, auf einen Sprung vorbeizuschauen. Man gerät so leicht mit seinen alten Freunden außer Kontakt.»

«Ich werde dich vermutlich wirklich nicht lange aufhalten müssen.» Elaine Norrimer setzte sich und schleuderte ihren toten Hund über die Stuhllehne. «Du kannst mich in zwei Minuten loswerden, Waffles, indem du mir schlicht und einfach einen Scheck auf zehntausend Pfund ausstellst.»

Das Monokel rutschte Lord Brickwood abermals aus dem Auge.

«Aber, meine liebe Elaine! Wir leben nicht mehr in den dreißiger Jahren, in denen die Einkommensteuer so bescheiden war, daß man sich nicht einmal die Mühe nahm, falsch zu fatieren.»

«Deine Briefe und andere Unterlagen», fuhr sie fort und pochte auf ihre Handtasche, «würden diese schrecklichen Leute vom Finanzamt vor Freude himmelhoch springen lassen. Ich kann mir lebhaft die Aufregung ausmalen, wenn sie den Umschlag an einem Montagmorgen öffnen. Ich glaube, daß sie wirklich ein bemitleidenswert eintöniges Leben führen. Genau wie jene Beamten, die sich durch jene zahllosen Dokumentenbündel wühlen, die mit einer roten Schnur für die Staatsanwaltschaft zusammengeschnürt werden –»

«Elaine! Das ist alles so verjährt wie Schlapphüte und Ramón Novarro –»

«Die Polizei hat einen langen Arm, Waffles», gab Elaine freundlich zu bedenken und streichelte ihren toten Hund. «Sicher hat sie auch ein gutes Gedächtnis. Wie die Dinge liegen, kämen mir eben jetzt zehntausend für die Renovierungsarbeiten äußerst gelegen. Du kannst dir nicht vorstellen, was es kostet, eine Pension für den Eigentümer selbst wohnlich zu erhalten, geschweige denn für die Gäste. Ich muß neue Leitungen legen lassen. Das ist erstaunlich teuer. Dann natürlich die Wasserinstallationen –»

«Elaine, *ich* besitze einfach keine zehntausend.»

«Wirklich? Meine Informanden sagen mir, daß du seit deiner Rückkehr in Saus und Braus auf Spesenkonto lebst.»

«Elaine, das könntest du mir doch nicht antun», versuchte Lord Brickwood es erneut.

«Du wirst staunen, ich kann. Ich finde, daß du mir für all die Jahre, die wir gemeinsam verlebten, immerhin eine gewisse Anerkennung schuldest, Ascot, Torquay, Worthing, Bath, Ilfracombe, wenn ich mich recht erinnere, Poole –»

«Elaine –» Lord Brickwood starrte auf den Teppich. «Elaine, ich muß dir etwas sehr, sehr Ernstes sagen. Teddy, geh bitte solange in die Küche. Du kannst nach fünf Minuten wiederkommen. Wenn du schon draußen bist, schau gleich nach, ob wir nicht doch irgendwo etwas Eßbares übersehen haben.»

Teddy saß auf dem Küchentisch und kaute an seiner Unterlippe. Der Zweifel, der ihn an Onkel Horatios klarem Verstand beschlichen hatte, war keine bloß hingeworfene Redensart gewesen. Er begann zu fürchten, daß der lange Aufenthalt unter der tropischen Sonne den Geist seines Onkels getrübt hatte, ganz abgesehen von der Belastung durch all die Probleme, deren Lösung er seinem Verstand pausenlos zuzumuten schien. Er überlegte, ob er den Arzt seines Vaters überreden könnte, hierherzukommen und den alten Knaben für einige Zeit in eine Heilanstalt sperren zu lassen. Er war jetzt nicht nur weit davon entfernt, Onkel Horatios Hilfe anzuflehen, um Abigail von dem bleichen Ersatzmann loszueisen, der seine eigene Rolle in ihrem Leben übernommen hatte, er begriff auch, daß ihm selbst nicht die geringste Chance zu einem Rettungsversuch verblieb, sobald sein Onkel mit zweihundertvierzigtausend Pfund auf die Londoner Saison losgelassen war. Er war jedoch mit diesen Überlegungen noch nicht weit gekommen, als sich auch schon die Küchentür öffnete und Onkel Horatio verkündete:

«Teddy! Mein Junge! Du mußt es als erster erfahren! Ich habe eine einfach großartige Neuigkeit für dich. Elaine und ich haben uns soeben verlobt.»

«Was!» Teddy fiel vom Tisch.

«Na komm, mein Junge.»

Teddy folgte seinem Onkel in den Salon zurück.

«Die Wege der Vorsehung», eröffnete Lord Brickwood und umklammerte Elaines Hand, die auf dem toten Hund ruhte, «sind undurchsichtig. Elaine und ich waren Freunde – sehr gute Freunde – in jenen heiteren Tagen, als *Hyperion* das Derby gewann, die Sonne über jedem Quadratmeter des Britischen Empires strahlte und zwanzig Zigaretten einen Shilling kosteten. Damals war ich jung, Teddy. Ein Jüngling, kaum älter, als du es jetzt bist. Ich war zu schüchtern, um der Dame, die ich glühend verehrte, jemals einen Heiratsantrag zu machen. Aber das Schicksal», sagte er und tauschte ein Lächeln mit Elaine, «hat uns in unseren reiferen Jahren wieder zusammengeführt. Um wieviel köstlicher ist es, daß wir nun, da unsere jugendliche Sprunghaftigkeit hinter uns liegt, den Nachmittag unseres Lebens gemeinsam verbringen dürfen. Kismet –»

«Aber was wird aus Mrs. Prothero?» platzte Teddy hervor.

«Mrs. Prothero? Das ist die Frau, die ich eben als Haushälterin für diese Wohnung eingestellt habe», erklärte er Elaine. «Ich werde sie wohl entlassen müssen. Nicht daß ich es sehr bedauerte. In meinem Herzen hegte ich stets den Verdacht, daß sie nicht eben ideal für den Posten geeignet sei.»

«Onkel –!» rief Teddy.

«Du wirst dich in meiner Pension so nützlich machen, mein lieber Waffles», murmelte Elaine.

«Pension? Ich versichere dir, mein Liebes, daß ich uns einen weitaus passenderen Rahmen geben werde. Was natürlich nicht heißen soll, daß dein eigenes Unternehmen es nicht mit dem *Savoy* aufnehmen könnte. Nicht üppige Teppiche und dienernde Kellner sind es, die dem Reisenden Behaglichkeit schenken. Durchaus nicht. Es ist vielmehr das Gefühl des Zuhauseseins, das du, wie ich absolut überzeugt bin, so wunderbar zu erwecken verstehst, Elaine. Teddy, trag die Tasche der künftigen Lady Brickwood ins Vorzimmer –»

«Ich behalte sie lieber bei mir, Waffles», lächelte Elaine und umklammerte ihre Tasche.

«Wie du willst, wie du willst», beugte sich Onkel Horatio widerspruchslos. «Ich hatte bloß deine Bequemlichkeit im Auge. – Der Teufel hole diese Türklingel! Teddy, geh und wirf den Besucher hinaus, wer es auch ist. Dieser Augenblick gehört Elaine und mir und darf unter keinen Umständen gestört werden.»

Einen Moment später kam Teddy zurück.

«Mrs. Prothero», verkündete er.

21

«Meine liebe, liebe Gracie», rief Lord Brickwood und stolperte über den Teppich im Salon, als er sie hereinführte. «Was für eine Freude, dich zu sehen. Aber was für eine Überraschung!»

«Kaum hatte ich gestern abend den Telefonhörer aufgelegt», flötete Mrs. Prothero, «sagte ich mir: Was bin ich doch für ein Dummkopf, hier in Edinburgh herumzusitzen, während mein lieber Horatio in London ganz allein ist. Und wer sagt denn, fragte ich mich, daß wir überhaupt in Edinburgh heiraten müssen. Wir können uns genausogut in London trauen lassen, und das sogar noch viel früher, weil sich hier doch alles bedeutend rascher erledigen läßt. Und da bin ich nun, Horatio.»

«Und da bist du nun, Gracie», wiederholte Lord Brickwood und versetzte ihren Brillanten einen liebevollen Klaps. «Welche Freude! Du kennst natürlich meinen jungen Neffen», fügte er hinzu, als Teddy aus der Küche auftauchte. «Ich fürchte, er mußte sich vorübergehend zurückziehen, weil er sich plötzlich nicht ganz wohl fühlte. Sicher hat er etwas Schlechtes gegessen. Geht's dir wieder besser?» fragte Lord Brickwood und zog besorgt die Augenbrauen hoch.

Teddy nickte. Dem armen Burschen war nach den aufregenden Minuten, die sie eben hinter sich hatten, tatsächlich recht übel.

«Mrs. Prothero?» hatte sein Onkel gefragt, sobald er sein Monokel wieder ins Auge geklemmt hatte. «Was will denn die jetzt hier? Sicher handelt es sich um ihre Sozialversicherung oder etwas Ähnliches. Meine liebe Elaine –» Er wandte sich seiner neuesten Verlobten geschmeidig zu. «Es fällt mir schwer, diesen Augenblick des Glücks zu unterbrechen, aber wenn ich diese Prothero nicht augenblicklich loswerde, bleibt sie mir den halben Tag am Hals. Eine richtige Dauerrednerin, weißt du. Ein störrischer Esel ist nichts gegen sie. Wenn du so freundlich wärst, dich nur für einen Augenblick in ein Schlafzimmer zurückzuziehen –»

«Kein Schlafzimmer», widersprach Elaine entschlossen. «Schlafzimmer kommt gar nicht in Frage, Waffles.»

«Wie du willst, meine Liebe, Teddy, bitte führ Elaine ins Speisezimmer. Was sagst du? Wenn du nur versuchen wolltest, dir diese abstoßenden Geräusche abzugewöhnen –»

«Ich sagte ‹Bacup›», würgte Teddy mühsam hervor.

«Bacup? Bacup? Oh, mein Gott. Ja, natürlich! Bring Bacup vorerst in ein Schlafzimmer. Bacup», erklärte er Elaine, «ist mein Hund. Ich habe ihn erst gekauft – ein schottischer Schäfer –, und er ist Fremden gegenüber ein wenig scharf. Unser Hausdiener wurde heute früh erst ins Spital eingeliefert. Natürlich wäre es mir schrecklich, wenn du, mein Lieb, an diesem glücklichen Tag einer Gefahr ausgesetzt würdest.»

«Natürlich», lächelte Elaine.

«Wären Sie wohl sehr ungehalten, wenn Sie für einen Augenblick in eines der Schlafzimmer übersiedeln müßten?» fragte Teddy verlegen. Die beiden Blisses saßen im Speisezimmer und stierten einander über den Tisch hinweg an. «Lord Brickwood hat ganz unerwartet zwei geschäftliche Besprechungen zu erledigen, und er möchte die Besucher einander fernhalten.»

Edgars Augenbrauen zogen sich hoch. «Also, ich muß schon sagen, zu Hause hat mir noch keiner zugemutet, mich in 'nem Schlafzimmer anzustellen, bis ich an die Reihe komm.»

«Hier in London ist das an der Tagesordnung, kann ich Ihnen versichern. Es herrscht ein wahnsinniger Mangel an Büroräumen.»

«Wenn ich meinen Kunden sagen tät, sie sollen ihre Baupläne in meinem Schlafzimmer besprechen, die würden mich für komplett übergeschnappt halten, das steht fest.»

«Wenn du in Rom bist, tu es den Römern gleich», ermahnte Sal ihn scharf.

«Na, schon recht», fügte Edgar sich seufzend. «Wahrscheinlich gäb's noch schlimmere Wartemöglichkeiten im Haus.»

«Hast du Bacup hinausgeführt?» fragte Onkel Horatio bei Teddys Rückkehr. «Ausgezeichnet! Hat er keine Schwierigkeiten gemacht? Das dachte ich mir. Ich glaube, er wird bald parieren lernen. Du führst jetzt Elaine ins Speisezimmer, und sobald du die Tür hinter dir geschlossen hast, kann ich Mrs. Prothero einlassen.

Es tut mir unendlich leid, meine liebe Gracie, aber ich kann dir im Augenblick gar nichts anbieten», fuhr Lord Brickwood nun fort. Dabei geleitete er seine erste Verlobte zu jenem Fauteuil, den die spätere Version eben geräumt hatte. «Aber ich wollte gerade zum Mittagessen nach Cheevers fahren. Zum Grafen von Thanet, weißt du? Wir sind sehr befreundet. Du wirst ihn ja bald kennenlernen.»

«Wie schön, Horatio! Aber da kann ich doch gleich mit dir nach Cheevers fahren. Ich habe mir stets gewünscht, den Grafen kennenzulernen. Er hat eine so reizende Art auf dem Fernsehschirm.»

«Ja, warum auch nicht», antwortete Onkel Horatio und schnitt ein recht langes Gesicht. «Wenn ein unerwarteter Gast auch vielleicht gewisse Schwierigkeiten mit sich bringt. Ich denke, wir sind bereits ein Dutzend, und jedermann weiß natürlich, daß Tom Thanet entsetzlich abergläubisch ist. Aber wir haben viele Dinge zu besprechen, meine liebe Gracie, und dazu bleibt noch genug Zeit, ehe wir nach Cheevers aufbrechen. Die Autofahrt dauert von der Stadtmitte bloß fünfundfünfzig Minuten. Wir werden – Teddy! Die Klingel!» rief er, als die Türglocke abermals schrillte. «Wer es auch ist – von mir aus der Herzog persönlich –, laß ihn nicht herein.»

«Dem Himmel sei Dank!» ächzte Teddy, denn auf der Schwelle standen George Churchyard und Morag.

«Bist du etwa krank?» erkundigte sich George. «Du bist ziemlich blaß.»

«Direkt leichenhaft», nickte Morag.

«Hier war einiges los seit eurem Weggehen», gelang es Teddy zu sagen. «Du weißt ja, mein Onkel. Er hat Gäste.»

«Merkwürdige Stunde, um Gäste zu empfangen», bemerkte George.

«Merkwürdiger Onkel, Herzchen», schnurrte Morag.

«Aber können wir nicht trotzdem eintreten? Ich muß dir etwas Lebenswichtiges mitteilen.»

«Könntet ihr nicht etwas später wiederkommen?»

George schüttelte den Kopf. «Ich muß meine unwiderrufliche Entscheidung bis ein Uhr getroffen haben. Ich bin mit ihm zum Mittagessen verabredet.»

«Mit wem?»

«Mit Professor Needler.»

«Professor Needler?»

George nickte. «Ja, hab ich dir's nicht erzählt?»

Teddy zuckte die Achseln. «Vielleicht könnten wir uns in meinem Schlafzimmer unterhalten. Bitte kümmert euch auf dem Weg dorthin um niemanden.»

«Wie es mir schon so oft im Leben durch den Kopf ging», stimmte Lord Brickwood eben an, als die drei den Salon betraten, «plätschern die reinen Quellen der Gerechtigkeit dicht unter unseren Füßen ewig in ihren zeitlosen Höhlen. Ich fühle, Gracie, das ist –»

«Bekannte von mir», murmelte Teddy seinem Onkel zu, und

sie durchquerten den Salon. «Sind auf einen kleinen Plausch vorbeigekommen.»

«Hallo, Herzchen», murmelte Morag in Lord Brickwoods Richtung. «Haben Sie in letzter Zeit ein paar gute Entwürfe gesehen?»

«Entschuldigen Sie die Störung», sagte Teddy zu Elaine, die im Speisezimmer den *New Statesman* las.

«Wenn Sie diesen Raum schon als Wartezimmer benutzen», regte sie liebenswürdig an, während das Trio vorbeieilte, «sollten Sie doch wenigstens einige Illustrierte hier auslegen.»

Teddy steckte den Kopf in das Schlafzimmer seines Onkels und warf den Blisses kurz zu: «Nur einen Augenblick noch.»

«Moment mal –» Edgar erhob sich vom Wäschekorb. «Ich möchte ja nich unhöflich sein, verstehen Sie, aber ich wüßte gern, was hier eigentlich gespielt wird.»

«Aber nicht das geringste, Mr. Bliss. Lord Brickwood hält seine üblichen morgendlichen Geschäftsbesprechungen ab, das ist alles.»

«Üblich! Eines kann ich Ihnen verraten, junger Mann, in Bacup würde man so was nich üblich nennen.»

«Nein?»

«Soll das heißen, daß es hier jeden Tag so zugeht?»

«Mit Ausnahme des Sonntags», nickte Teddy.

«Viele Hände –» hob Sal an.

«Lord Brickwood wird Sie sicher nicht länger als einen Augenblick warten lassen», unterbrach Teddy sie rasch. «Ich glaube, hier wird uns niemand stören», sagte er zu George und Morag und schob sie in sein eigenes angrenzendes Schlafzimmer. «Tut mir leid, daß das Bett noch nicht gemacht ist und auch sonst nicht viel Ordnung herrscht», schloß er, «aber offen gestanden haben weder mein Onkel noch ich genügend Geld, um uns eine anständige Mahlzeit zu kaufen, geschweige denn, jemanden zu bezahlen, der das Geschirr wäscht.»

«Dann wirst du über meine Neuigkeit sehr erfreut sein», bemerkte George und setzte sich auf das Fußende des Bettes. «Zuerst aber muß ich dir noch etwas sagen. Heute früh haben Morag und ich beschlossen zu heiraten.»

«Wirklich? Das freut mich aber –»

«Schauerlich bourgeois, aber *so* wunderbar», murmelte Morag und erbebte leicht unter ihrem Leopardenfell.

«Wir wollten nicht darüber sprechen, solange es nicht aussah, als böte sich uns im Leben ein Sprungbrett, das mir zum Glück ausgerechnet Professor Needler zugespielt hat.»

«Aber wieso der?» fragte Teddy stirnrunzelnd.

«Du weißt doch, daß er über das Fernsehen einen wahnsinnigen Quatsch verzapft, eine neue Philosophie, die auf allem Schönen und Erfreulichen beruht?» fragte George. Morag tuschte sich inzwischen ihre schwarzen Wimpern vor dem Spiegel nach. «Das Publikum ist davon begeistert, genau wie seinerzeit vom Canasta. Bissige Programme sind heute total veraltet. Das englische Publikum hat für Intelligenz auf der Bühne nicht viel übrig, weißt du. Außer natürlich bei dressierten Tieren», sagte er. «Die Menschen sahen sich diese Programme bloß aus einer moralischen Verpflichtung heraus an, so wie sie Almosen für die Armen spenden. Glaube mir, die daseinsbejahende Richtung ist *die* neue Masche. Zufällig kriegte ich Wind davon, daß Needler einen neuen philosophischen Nachtclub eröffnet, deshalb rief ich ihn im Fernsehstudio an und bat um einen Job.»

«Du hast Needler tatsächlich angerufen?» fragte Teddy erstaunt.

«Habe ich. Offensichtlich hat unser Hinauswurf in Oxford sehr böses Blut gemacht. Der Dekan selbst hat die Sache ungemein aufgebauscht. Er ist wahnsinnig eifersüchtig auf Needler. Natürlich, weil er seine Sendung *Wer andern eine Grube gräbt* im anderen Programm laufen hat. Needler fiel förmlich vom Stuhl, im Bestreben, alles wiedergutzumachen. Ich glaube, er würde beim Publikum ziemlich absinken, wenn wir die Zusammenhänge auspackten. Morag wird also die Inneneinrichtung besorgen, ich werde einer der Stars sein, und du kannst die Texte schreiben, wenn du magst. Was sagst du dazu?»

«Du heiliger Bimbam, George, ich würde mir nach jeder Art von Nachtclub die Finger ablecken, ob du ihn jetzt satirisch, philosophisch, evangelisch oder wie immer nennst.»

«Du könntest nichts Klügeres tun als ja sagen», versicherte George eifrig. «Ich habe eine Nase dafür, was ein Bombenerfolg wird.»

«Und Professor Needler», warf Morag mit verschleierter Stimme ein, «segelt der Publikumsgunst mit Volldampf entgegen.»

«Augenblick», unterbrach Teddy. «Es klingelt.»

Die Blisses starrten einander noch immer im Schlafzimmer seines Onkels an. Elaine Norrimer las unverändert den *New Statesman*. Lord Brickwood redete im Salon nach wie vor auf Gracie ein. Teddy schlich ins Vorzimmer und riß die Wohnungstür auf.

Draußen standen Mr. McInch und eine hübsche junge Chinesin in einem Kimono.

«Ha!» schrie Mr. McInch.

«Ach, guten Tag», sagte Teddy.

«Wo hat er sich verkrrochen?» rollte Mr. McInch.

«Ich weiß wirklich nicht, wen –»

«Ihren Onkel, junger Mann. Ich verlange, ihn auf der Stelle zu sehen. Ich habe ihm etwas von grrößter Bedeutung zu sagen.»

«Das geht momentan nicht», erwiderte Teddy brüsk. «Er bespricht verschiedene Privatangelegenheiten mit Mrs. Prothero.»

«Mrs. Prrothero?» Mr. McInchs Bürstenhaar sträubte sich noch steiler empor. «Ist sie da? Ach, stehen Sie nicht herrum. Ich hoffe zu Gott, daß ich noch rrechtzeitig gekommen bin.»

Mr. McInch schob Teddy mit dem Ellbogen zur Seite, packte die junge Chinesin bei der Hand und stürmte in den Salon.

«Mr. McInch!» schrie Mrs. Prothero spitz und sprang auf. «Was tun denn Sie hier in London?»

«Mrs. Prrothero, ich bin gekommen, um Sie zu rretten, Leib, Seele und Scheckbuch.»

«Aber Mr. McInch! Ich kann wirklich nicht verstehen, daß Sie mich auf diese Weise von Edinburgh bis hierher verfolgen! Und gar noch diese... diese... mitschleppen. Wer ist das überhaupt, Mr. McInch?»

«Mrs. Prrothero.» Der Anwalt richtete sich hoch auf. «Es ist mir ein großes Vergnügen, Sie mit Lady Brrickwood bekannt zu machen.»

«Lady Brickwood?»

«Lady Brrickwood», bestätigte Mr. McInch.

«Oh, hallo, Lotusblume», murmelte Lord Brickwood zerstreut aus dem Hintergrund.

«Was soll das heißen?» fragte Mrs. Prothero und wandte Lord Brickwood einen ätzenden Blick zu.

«Ich ließ Errhebungen pflegen», fuhr Mr. McInch triumphierend fort. «Unsere Agenten in Hongkong entdeckten, daß diese Dame, die ich auf meine Rrechnung herüberfliegen ließ – meine eigene, private Rrechnung, Mrs. Prrothero –, ordnungsgemäß vor ein oder zwei Jahren in Macao mit Lord Brrickwood getraut wurde.»

«Horatio!» donnerte Mrs. Prothero. «Wie konnte das geschehen?»

«Ost ist Ost, und West ist West.» Mehr schien Lord Brickwood im Augenblick nicht einfallen zu wollen. «Vermutlich übersieht man es, daß diese beiden heutzutage oft aufeinanderprallen.»

«Was ist denn hier los? Brennt es vielleicht?» fragte Elaine Norrimer, die aus dem Speisezimmer gekommen war. «Also wirklich, Waffles, jetzt habe ich den *New Statesman* bereits zur Hälfte gelesen, mehr kann man zu dieser Morgenstunde wahrlich nicht verlangen. Vielleicht möchtest du mich deinen Freunden vorstellen?»

«Und das», kreischte Mrs. Prothero, «ist vermutlich deine zweite Frau.»

«Nein», berichtigte Lord Brickwood, «bloß meine zweite Braut.»

«Mr. McInch! Angus!»

«Mrs. Prrothero –?»

«Bringen Sie mich fort von hier – auf der Stelle.»

«Nur keine Sorge, Mrs. Prrothero. Jetzt sind Sie wieder in guten Händen. Ihre Interessen werden voll und ganz gewahrt werden, Mrs. Prrothero –»

«Oh, Angus!» Sie fiel ihm in die Arme, wodurch der arme Kerl etwas aus dem Gleichgewicht geriet. «Warum habe ich nicht gleich auf Sie gehört? Ich war eine Närrin, eine richtige Närrin!»

«Quälen Sie sich nicht, Mrs. Prrothero –»

«Nennen Sie mich Gracie», gewährte Mrs. Prothero und zauberte von irgendwo aus dem wilhelminischen Sofa ein Taschentuch hervor. «So wie früher.»

«Ich werde mich um Sie kümmern, Grracie. Nicht bloß als Klientin, sondern – ähäm – nun, wenn Sie wollen, daß ich jene gewisse Frrage wiederhole, die ich Ihnen vorigen Monat stellte, als wir allein in meinem Büro saßen –»

«Ach, Angus!» Mrs. Prothero schob das Sofa ein wenig näher. «Ja, natürlich. Ich hätte damals Ihren Antrag auf der Stelle annehmen sollen. Du kannst es schriftlich haben, wenn du willst», fügte sie hinzu.

«Das wird nicht nötig sein. Guten Morrgen, allseits», sagte Mr. McInch flink und führte sie hinaus.

«Wer, zum Teufel, sind Sie denn?» wollte ein kleiner dicker Mann im rötlichen Tweedanzug und mit goldgeränderter Brille wissen, der eben durch die Eingangstür trat.

«Die drrinnen werden sich wohl kaum über zusätzliche Besucher frreuen», erwiderte Mr. McInch knapp.

«Besucher? Verdammt noch mal, das ist doch meine Wohnung! Verschwinden Sie schleunigst, ehe ich den Hausmeister hole. Ach, hallo, Waffles», fuhr Mr. Algernon Brickwood fort, trat in den Salon und stellte seine Aktentasche ab. «Wie ich sehe, gibst du wieder einmal eine Party, wie gewöhnlich. Du änderst dich wohl auch nie, was? Wo steckt Teddy? Ach, da bist du, mein Junge. Zum Glück wurden die Verhandlungen unter dem nachgiebig stimmenden Einfluß des Mondes über den Bahamas und des Rumpunsches beendet. Seit vierundzwanzig Stunden steht die altehrwürdige Firma Brickwood & Vole unter dem goldenen Schirm der Scrutchings-Books-Incorporation aus der Madison Avenue. Wenn ich auch hier meinen Titel ‹Honourable› nie benutze, war ich doch entzückt zu entdecken, daß er auf dem Exportmarkt einen soliden Hartgeldwert besitzt. Ich werde zum Londoner Verlagsdirektor ernannt, mit einem Gehalt, das meiner Erfahrung angemessen ist. Plus Repräsentationskosten, natürlich. Vor meinen Augen eröffnet sich –»

«Teddy!» Abigail stand im Türrahmen. «Teddy! Mein Liebling! Es ist in Ordnung.»

«In Ordnung?» Er blickte sie verständnislos an. Es war bei den vielen Leuten, die herumstanden, gar nicht so leicht, sie zu sehen.

«Dieser entsetzliche Mervyn Spode! Fabian hat ihn ausgekauft. Mit zehntausend Pfund. Die waren der einzige Grund, weshalb er sich überhaupt mit mir verlobt hat.»

«Abigail, mein Engel!»

«Teddy, mein Liebling!»

Sie durchbrachen die Reihen der Umstehenden und trafen einander in der Mitte des Salons. Teddy stürzte sich auf sie. Dann hatte er einen Einfall. Er begann an ihrem Haar zu kauen. Er arbeitete sich gewissenhaft durch einige Mundvoll durch, dann beschloß er, es einmal an ihrem Nacken zu kosten, ehe er hinter ihrem linken Ohr weitermachte.

«Ach, Teddy, du bist so wundervoll!» seufzte Abigail. «Als ich dich wiedersah, wußte ich sofort, daß nur du mein Mann werden kannst und kein anderer.»

Teddy versuchte zu antworten, aber wenn man den Mund voller Haare hat, ist es schwierig zu reden.

«Wenn du einen Augenblick auftauchen würdest, um Luft zu schöpfen», forderte George Churchyard ihn auf und zwängte sich zu ihm durch, «könnten Morag und ich verschwinden, um unsere Verträge mit Professor Needler abzuschließen.»

«Abigail und ich kommen mit», entschied Teddy und packte sie bei der Hand. «Bis zum Nachmittag, Vater. Ich bin sicher, Onkel Horatio hat dir eine ganze Menge zu erzählen.»

Die Wohnung wirkte plötzlich ziemlich leer. Die vier Überlebenden starrten einander an. Langsam öffnete sich die Küchentür. Ein kleiner dicker Mann und eine kleine dicke Frau schlichen ängstlich über den Teppich zur Ausgangstür.

«Wohin, zum Teufel, glauben Sie denn hier zu kommen?» forschte Mr. Algernon Brickwood.

«Zurück nach Bacup», sagte das Paar und schoß hinaus.

«Waffles, du scheinst aber wirklich sonderbare Leute zu deinen Gesellschaften zu bitten», beklagte sich sein Bruder. «Du hast wohl nicht etwa ein Pfund bei dir? Ich möchte mein Taxi bezahlen und habe nur Dollars. Nein? Dann pumpe ich den Hausmeister an. Bitte die Damen, sich hier wie zu Hause zu fühlen, wenn du willst.»

«Du siehst, Elaine, ich besitze in Wirklichkeit gar kein Geld», erklärte Lord Brickwood gebrochen. «Nicht einen Sou. Außerdem siehst du ja, daß es Lotusblume gibt, die ich wirklich tief und ehrlich liebe –»

«Natürlich, Waffles.» Sie lächelte ihm zu. «Ich wußte, daß du bankrott bist. Ich wollte dich bloß ein bißchen zappeln lassen.

Schließlich hast du mich in jenen heiteren Jugendtagen ein ganz, ganz kleines bißchen an der Nase herumgeführt, oder etwa nicht?»

Er nickte. «Und was die Briefe und ähnliches anbelangt, Elaine –»

«Die habe ich verbrannt. Gleich in der Nacht des ersten Derbys, nachdem du dich in den Orient abgesetzt hattest. Und noch etwas, Waffles – du bist heute noch genauso charmant wie damals, aber ich hätte dich damals nicht geheiratet und heute bestimmt erst recht nicht. Leb wohl, Waffles. Du weißt, an wen du dich wenden kannst, wenn ihr beide Unterkunft und Verpflegung braucht.»

«Das ist ungemein hochherzig von dir, Elaine –»

«Unsere Preise sind sehr bescheiden. Leb wohl.»

«Liebling», sagte Lady Brickwood, sobald sie allein waren. «Es wäre mir so recht, wenn du nach Hongkong heimkehrtest.»

Onkel Horatio nickte bedächtig. «Mir auch, meine Liebe, mir auch. Ich glaube, es wird uns gelingen, irgendwie die Fahrtspesen aufzutreiben. Ich versuchte, dir vom Club aus darüber zu schreiben. Das heutige Londoner Leben ist mir zu verwirrend. Ich bin wie eine Mietskutsche in der Unterführung von Piccadilly.»

«Liebling, ich möchte zu gern etwas Persil einkaufen. Es heißt, daß man in England weißer als weiß waschen kann.»

Onkel Horatio nickte abermals, tastete seine Rocktasche ab und zog zwei Shilling hervor.

«Du wirst unten einen Hausmeister finden, genau wie in unserer kleinen Wohnung in Hongkong», erklärte er ihr. «Er wird dir den Weg zu den Läden zeigen. Ich bliebe gern einen Augenblick allein, um meine Gedanken zu sammeln.»

Die Tür schloß sich. Er wanderte durch die verlassene Wohnung, spähte hoffnungsvoll nach der Whiskyflasche, aber sie war leer. Er öffnete die Zigarrendose und mußte feststellen, daß Mr. Bliss die letzte Zigarre geraucht hatte. Er seufzte.

«Ich werde alt», gestand Onkel Horatio sich ein. «Zumindest vernehme ich in weiter Ferne das Geräusch der Totengräber. Nach all diesen Jahren widerfährt mir das Fürchterlichste – mein Spürsinn gerät mir abhanden.» Er zuckte zusammen, als die Türglocke anschlug.

Draußen stand ein bleicher junger Mann mit strähnigem Haar.

Er trug einen lavendelblauen Anzug.

«Ich bin Mervyn Spode», sagte der junge Mann.

«Ach?» erwiderte Onkel Horatio und klemmte sich das Monokel ins Auge.

«Ich hätte gern mit Abigail oder diesem jungen Brickwood gesprochen. Ich dachte, sie sei hierher gegangen.»

«Aber treten Sie doch ein», forderte Onkel Horatio ihn auf. Allmählich kehrte die Farbe wieder in seine Wangen zurück. «Sie sind ein – hm, ein Freund des Paares, Mr. Spode?»

Mervyn lachte auf. «Das darf ich wohl wirklich behaupten.»

«Ich bin der Onkel des jungen Teddy», sagte Lord Brickwood und führte Mervyn Spode in den Salon. «Lord Brickwood.»

«Ach, tatsächlich?» Mervyn blickte überrascht auf. «Ich wußte nicht, daß er adelige Verwandte hat.»

«Ich verbrachte viele Jahre geschäftlich im Orient», erklärte Onkel Horatio bescheiden. «Ich habe nur einen kurzen Abstecher hierher gemacht, um meine hiesigen Interessen zu wahren. Wenn Sie auf Teddy warten möchten –»

«Eigentlich wollte ich bloß einige Worte mit Abigail sprechen», sagte Mervyn klagend. «In der Aufregung des Morgens hat sie mir meinen – einen Ring nicht zurückgegeben, den ich ihr zufällig vor langer Zeit einmal gab.»

«Ich bin sicher, daß dieses Versehen ganz leicht in Ordnung gebracht werden kann. Ich werde mich der Sache persönlich annehmen.»

«Danke», nickte Mervyn. «Schließlich hat er ziemlich viel gekostet.»

«Ich würde Ihnen gern eine kleine Erfrischung anbieten», fuhr Lord Brickwood fort und bat Mervyn, sich zu setzen. «Aber mein ausgezeichneter Butler ist vor kurzem verschieden, und ich brachte es einfach nicht übers Herz, einen anderen einzustellen. Außerdem gebe ich die meisten meiner Empfänge im *Trafalgar Club*.» Er kicherte. «Wenn die Wände meines dortigen Privatsalons nur Ohren hätten, so wären sie nicht, wie ich mir schon oft dachte, mit geschmackvollen Tapeten, sondern mit Folien aus purem Gold ausgeschlagen.»

«Nein, wirklich?» Mervyn blickte abermals auf.

«Sie werden meinen Namen doch sicher schon in Wirtschaftskreisen vernommen haben? In der Finanzwelt des Fernen Ostens natürlich ist er ein Sesam-Öffne-Dich, wenn ich mir gestatten darf, ein wenig zu prahlen. Gegenwärtig arbeite ich an einem ungemein fesselnden Vorhaben in Hongkong – Urlaubspagoden, die an durchreisende Amerikaner vermietet werden. Die Kolonie ist davon hell begeistert.»

«Das scheint mir ein ausgezeichneter Einfall zu sein», murmelte Mervyn und rückte in seinem Stuhl hin und her.

«Meine Mitteilung war natürlich streng vertraulich.»

«Natürlich.»

«Ich habe zur Finanzierung des Vorhabens von Potts Bank eine Million aufgenommen. Das ist der eigentliche Grund meines Hierseins. Den Restbetrag – keine große Summe, etwa hunderttausend oder so – fühle ich mich verpflichtet, dem kleinen Mann als Anlagemöglichkeit einzuräumen. Diese Teilbeträge bringen natürlich nichts als Ärger mit sich, aber ich finde, der kleine Mann – worunter ich einzelne Anteile bis zu zehntausend verstehe – sollte Gelegenheit haben, sich an einem Unternehmen zu beteiligen, das so tief in die Wirtschaftsbilanz, den internationalen Verständigungswillen, ja, in den Fortbestand unseres Britischen Commonwealth eingreift, wenn ich so sagen darf.»

«Durchaus», pflichtete Mervyn ihm bei.

Onkel Horatio putzte schweigend sein Monokel blank.

«Ähh –» sagte Mervyn nach einer Weile. «Wissen Sie, ich denke, ich hätte eben jetzt bei meiner Bank einiges flüssiges Kapital liegen.»

Lord Brickwood schüttelte den Kopf. «Kommt nicht in Frage, fürchte ich. Es ist nur noch ein einziger Anteil übrig, den ich für einen begabten jungen Mann zurückhalte, der bereit ist, zusammen mit mir in Hongkong als Direktor tätig zu sein. Bis jetzt habe ich diesen jungen Mann noch nicht gefunden –»

«Ich verstehe einiges vom Baugeschäft», unterbrach ihn Mervyn. «Und man hat mich immer für recht geschäftstüchtig angesehen. Außerdem würde ich aus verschiedenen Gründen eben jetzt England gern verlassen. Je weiter mich die Reise führte, desto besser», fügte er hinzu. «Glauben Sie, daß Sie mich in Betracht ziehen könnten, Lord Brickwood?»

Onkel Horatio blickte ihn zweifelnd an. «Wir leben in einer

harten Welt, Mr. Spode. Ich fürchte – und als gewitzter Geschäftsmann werden Sie bestimmt mein Verhalten gutheißen –, daß ich zuerst einen Nachweis über Ihre Finanzlage sehen müßte.»

«Zufällig habe ich einen Scheck über zehntausend Pfund bei mir», lächelte Mervyn Spode und legte ihn vor.

«Wenn das so ist», ließ Lord Brickwood sich herbei, «dürfen wir beide uns wohl zu einigen höchst fruchtbaren Minuten der Arbeit gratulieren. Ja, Mr. Spode, ich heiße Sie in der Brickwood-Organisation willkommen.» Er griff nach seinem Hut und Stock. «Bei der ersten Gelegenheit werden Sie und ich – und natürlich Lady Brickwood; ich reise niemals ohne meine bezaubernde chinesische Frau – ein Flugzeug nach Hongkong besteigen. Sie werden von den Reichtümern des Orients überrascht sein, die noch immer darauf warten, von einem Mann mit finanztechnischem Weitblick geerntet zu werden. Es ist genau ein Uhr, Mr. Spode», fuhr Onkel Horatio fort und öffnete die Wohnungstür. «Ich werde eine Nachricht für Lady Brickwood hinterlassen, die sich einer Einkaufsorgie in London hingibt, und wir beide werden zur Feier unserer Verbindung irgendwo gemeinsam ein kleines Mahl einnehmen. Wir wollen nicht in den *Trafalgar Club* gehen, sondern lieber in ein freundlicheres Restaurant. Anschließend fahren wir zum Old Bailey, um meine Anwälte aufzusuchen – Duff & Trimm, Sie haben sicher schon von ihnen gehört, nicht wahr? Äußerst fähige Leute –, die die nötigen Unterlagen vorbereiten werden, und bis heute abend kann alles unterschrieben, besiegelt und in Ordnung sein. Sie haben Ihren Scheck nicht vergessen? Ausgezeichnet. Sie könnten ihn auf mein Geschäftskonto bei Potts überschreiben lassen, das erspart uns viele Mühen. Indiens und Ormus' Schätze», fuhr Onkel Horatio fort und legte Mervyn den Arm um die Schultern, als sie im Lift hinabfuhren, «Gold und Perlen, die mit verschwenderischer Hand der Ost auf seine Kön'ge streut... Und Sie und ich, Mr. Spode», schloß er im Erdgeschoß, «wir können bei einiger Ausdauer in die Reihen dieser Könige aufgenommen werden. Taxi!»

Was beweist, daß Professor Needler völlig recht hat. Die reinen Quellen der Gerechtigkeit plätschern ewig dicht unter unseren Füßen in ihren zeitlosen Höhlen.